위대한 항해
KB121282

위대한 항해 15 완결

2024년 6월 14일 초판 1쇄 인쇄
2024년 6월 19일 초판 1쇄 발행

지은이 이윤규
발행인 김관영

기획 박경무 강민구 임동관 조익현 최시준 신정윤
책임편집 최전경
마케팅지원 유형일 장민정

발행처 (주)로크미디어
출판등록 2003년 3월 24일
주소 서울시 마포구 마포대로 45 일진빌딩 6층
Tel (02)3273-5135 **Fax** (02)3273-5134
홈페이지 rokmedia.com **E-mail** rokmedia@empas.com

값 9,000원

ISBN 979-11-408-2136-5 (15권)
ISBN 979-11-408-1029-1 04810 (세트)

위대한 항해

이윤규 대체역사 소설

완결

CONTENTS

1장	7
2장	41
3장	75
4장	95
5장	145
6장	189
7장	227
8장	265
9장	289

1장

대련비행장을 이륙한 공격기는 거침없이 바다를 횡단했다. 그렇게 산둥으로 넘어가서는 주어진 임무를 완수하기 위해 편대별로 나뉘었다.

대한제국은 지상 요원과 항공정찰을 통해 산둥 일본군 주둔지를 철저하게 파악해 두고 있었다. 덕분에 폭격은 처음부터 대성공을 거뒀다.

이날.

네 곳의 일본군 부대가 불바다가 되었다.

이 네 곳은 전부가 보급부대로 탄약과 각종 군수물자가 산더미처럼 쌓여 있었다. 그런 보급부대가 잿더미가 되면서 산둥 일본군의 발목을 묶어 버렸다.

일본열도가 대한제국군에 의해 철저하게 초토화되고 있었다. 그 바람에 본토에서 어떠한 지원도 받지 못하고 있는 상황에서 보급부대의 초토화는 산둥 일본군에 있어 재앙이었다.

그러나 재앙은 이제 시작이었다.

꽈꽝! 꽝! 꽝!

보급부대부터 시작된 폭격은 산둥군사령부와 단위부대, 사단사령부를 차례로 폭격했다.

산둥 일본군도 대한제국이 다량의 공격기를 보유하고 있다는 사실을 알고 있었다. 그러나 대공방어의 개념도 제대로 정립되지 않아서 방공호조차 제대로 준비하지 않았다.

이런 상황에서 폭격은 재앙이나 다름없었다.

폭격은 매일 진행되었다. 폭격에 사용된 폭탄도 소이탄이 대부분이어서 산둥 일본군은 10여 일 만에 궤멸적인 피해를 입었다.

열도에 상륙해 있던 대한제국군이 다시 진격을 시작했다. 보름 가까이 휴식을 취하고 충분한 보급을 받은 덕분에 진격은 거침이 없었다.

산둥 일본군이 초토화되고 있을 무렵. 일본 총리 관저 방공호에서 일왕이 참석한 대책회의가 열렸다.

가쓰라 다로가 확인했다.

"한국군이 어디까지 올라왔다고 합니까?"

데라우치 육군대신이 보고했다.

"나고야를 지나 오카자키로 들어섰다는 보고입니다."

"후! 다음은 시즈오카[静岡]겠네요."

"안타깝지만 그렇습니다."

명치일왕이 질문했다.

"아군은 어디에서 방어진을 구축하고 있나?"

데라우치 육군상이 대답했다.

"본래는 나고야에 방어선을 구축했습니다. 그러나 한국군의 폭격에 막대한 피해를 입는 바람에 와해되어 시즈오카로 폐퇴하고 있습니다."

일왕이 탄식했다.

"하아! 벌써 몇 번째 패배란 말인가! 단 한 번의 승리도 거두지 못하다니. 이러다 이곳 동경까지 그대로 밀려 버리는 것은 아닌지 걱정이구나."

데라우치가 급히 몸을 숙였다.

"송구합니다, 폐하. 그러나 시즈오카에 구축한 방어선만큼은 쉽게 무너지지 않을 것입니다."

"이전과 다른 방도라도 찾았다는 말씀이오?"

"그렇습니다. 시즈오카에 설치한 방어선에 대규모 참호와 교통호를 설치했습니다. 그리고 폭격에 대비해 목조와 흙을 이용한 지붕까지 덮었습니다. 그뿐 아니라 기관총이 거치된 참호의 정면에는 철판을 덧대어서 쉽게 무너지지 않을 것이옵니다."

"병력은 얼마나 배치되어 있소?"

"30만입니다. 그리고 방어선은 삼중이고요."

일왕의 표정이 조금 풀렸다.

"그 정도라면 아무리 강력한 한국군이라도 해도 쉽게 돌파하지 못하겠구나."

"그렇사옵니다."

"짐도 우리 군이 용전분투하고 있다는 사실은 잘 알고 있소이다. 그러나 패퇴만 할 수는 없는 법이니 각고의 노력을 기울여서 반격의 기반을 마련해 주도록 하시오."

"명심하겠습니다. 반드시 결사항전 해서 역전의 기틀을 마련해 보겠습니다."

"기대하겠소."

일왕이 총리를 바라봤다.

"총리대신."

"예, 폐하."

"산둥의 우리 육군은 정녕, 저대로 무너지도록 내버려 둘 수밖에 없소? 정녕, 본토에서 지원을 할 수 있는 방법이 없는 것이오?"

가쓰라 다로의 안색이 굳어졌다.

일본 정부는 산둥의 보급부대와 지휘부가 폭격당한 사실을 처음에는 몰랐다. 그만큼 공습이 전격적이었고 효과 또한

대단했기 때문이다.

산둥군사령관을 비롯한 고위 지휘관들이 대거 폭사했다. 그리고 본토와의 교신이 끊기면서 새로운 지휘 체계를 만들 겨를이 없었다.

대한제국은 시모노세키를 점령하면서 일본 전체를 이어주는 통신선을 끊어 버렸다. 그 바람에 산둥 육군은 지휘 체계조차 새로 만들지 못하고 우왕좌왕해야만 했다.

그러다 서양 각국이 대한제국에 항의하면서 통신선이 다시 연결되었다. 산둥과 일본 본토와의 통신선이 끊긴 것은 불과 며칠이었다.

그러나 그건 어디까지나 일본 본토에 한정된 이야기였다.

지휘 체계가 무너진 며칠 동안 산둥 일본군은 회복하기 어려운 피해를 입었다. 이러한 상황을 며칠 만에 알게 된 일본 정부는 망연자실했다.

가쓰라 다로가 몸을 숙였다.

"송구하오나 해군력이 무너진 지금으로서는 달리 방법이 없습니다."

일왕이 장탄식했다.

"아아! 참으로 안타까운 일이구나. 산둥 육군은 우리 일본의 마지막 희망인데 그것을 끝내 날려 버리게 되었구나."

"송구하옵니다."

한동안 탄식하던 일왕이 다시 입을 열었다.

“지금까지 이어진 폭격으로 군수공장 대부분이 파괴되었다고 들었소. 그렇다면 새로 징병한 병력은 무엇으로 무장을 한단 말인가?”

가쓰라 다로가 대답했다.

“단발소총이지만 18년식 소총이 수십만 정이 보관되어 있습니다. 이 소총은 단발이지만 튼튼해서 사용하는 데 아무 문제가 없습니다.”

데라우치 육군상이 거들었다.

“문제는 폭격입니다. 공중폭격만 없다면 우리 육군은 죽음을 각오한 돌격으로 적을 무찌를 수 있습니다. 그런 상황이 되면 연발과 단발의 차이는 극히 미미합니다.”

어처구니없는 주장이었다.

그럼에도 일왕은 데라우치 육군상의 발언에 이의를 제기하지 않았다. 그만큼 일왕은 실전에 대한 지식이 전무했다.

“육군상의 말이 맞겠지요. 허면 징병은 어떻게 진행되고 있소이까?”

“동경 일대의 모든 주민을 대상으로 징병을 하고 있습니다. 주민 협조가 잘되고 있어서 이대로라면 수십만의 병력을 추가 징병할 수 있을 것입니다.”

“그 병력이면 한국군의 공세를 저지시킬 수 있는 것이오?”

“……죽기를 각오하면 충분히 가능합니다.”

데라우치의 자존심은 일왕도 알고 있었다. 그런 데라우치가 바로 대답하지 못할 만큼 전황은 일본에 최악이었다.

일왕이 한숨을 내쉬었다.

"후우! 우리를 지원해 주었던 영국과 프랑스에 도움은 요청해 보았소?"

고무라 외무대신이 대답했다.

"두 나라 모두 외면하고 있습니다. 그리고 영국은 영일동맹의 재계약 불가를 통보해 온 상황이고요."

"허! 악재의 연속이구나."

일왕이 질문했다.

"우리는 항공기를 개발할 수 없는 것이오?"

이 질문에 누구도 대답을 못 했다.

항공기를 개발하기 위해서는 기반 기술이 확보되어야 한다. 기반 기술 중에서도 가장 중요한 부분이 엔진이다.

대한제국은 자동차와 기관차를 개발할 때부터 관련 특허를 엄청나게 등록해 놓았다. 그런 특허들도 기술이 발전하면서 계속해서 개량되어 등록하고 있었다.

그렇기 때문에 자동차와 항공기 개발을 위해서는 대한제국과의 협업이 무엇보다 중요했다.

그런데 대한제국은 일본의 기술 발전을 막기 위해 철저하게 관련 기술 제공을 거부해 왔다. 그 바람에 지금까지 일본은 항공기는커녕 자동차 관련 기술도 보유하고 있지 않았다. 반면에 미국, 영국과는 긴밀한 관계를 유지하며 적극적으로 기술 협조를 진행하고 있었다.

일왕도 이러한 사정을 모르지 않았다. 그럼에도 거론한 까닭은 그만큼 상황이 절박했기 때문이다.

가쓰라 다로도 일왕의 심정을 모르지 않았다. 그래서 억지로 입을 열어 사정을 설명했다.

"항공기를 개발하기 위해서는 한국이 보유한 기술을 도입해야 합니다. 그러나 아쉽게 한국은 본국에 항공기는 물론 자동차와 관련된 기술 일체를 제공해 주지 않고 있었습니다."

"짐도 그런 사정을 모르지 않소이다. 그런데도 이런 말을 하는 것은 본국의 힘만으로는 개발할 수 없겠느냐는 말씀이오."

가쓰라 다로가 고개를 저었다.

"지금의 상황에서는 어렵습니다. 설사 우리 자체적으로 기술을 개발했다고 해도 한국이 보유한 특허 기술을 비껴날 수가 없습니다."

데라우치 육군대신이 부언했다.

"우리 육군이 지난 10여 년 동안 항공기를 개발해 오고 있었습니다. 그러나 안타깝게도 현재로서는 기술 격차를 극복할 방법이 없습니다."

일왕의 안색은 대화가 진행될수록 굳어졌다. 하나같이 안 된다는 말만 하고 있었기 때문이다.

일왕이 고개를 저었다.

"후우! 정녕 이 난국을 극복할 방법이 없단 말인가?"

이때였다.

애앵!

갑자기 비상사이렌이 울렸다. 이어서 군복을 입은 무관이 급히 들어와 소리쳤다.

"바다 방면에 한국의 공격기가 포착되었습니다! 곧 공습이 시작될 예정이니 좀 더 안전한 곳으로 대피하시기 바랍니다!"

대한제국이 지금까지 투하한 포탄은 소이탄이었다. 그래서 일본 정부 건물은 거의 전부 초토화되었으나 총리 관저의 방공호는 견고해서 별다른 피해가 발생하지 않았다.

그러나 얼마 전부터 폭격의 양상이 달라졌다. 대한제국은 소이탄 공격이 목조건물을 초토화하는 데에는 충분한 효과를 보았다고 판단했다.

그래서 재개된 공습부터 고폭탄을 수시로 투하해 남은 건물도 파괴하려 했다. 이러한 고폭탄의 위력은 대단해서 총리 관저 방공호도 위험할 수 있었다.

가쓰라 다로가 황송한 표정을 지었다.

"폐하! 아뢰옵기 송구하오나 지하대피소로 잠시 이어하셔야 할 거 같습니다."

일왕의 표정이 굳어졌다.

"이 방공호가 위험하다면 지하라고 안전하겠소?"

"아닙니다. 지하는 콘크리트로 만들어서 어떠한 폭탄에도 안전하옵니다. 하오니 잠시 불편함을 감수하는 것이 좋을 듯

하옵니다."

일왕은 거듭된 간청에 어쩔 수 없이 자리에서 일어났다. 대기하고 있던 참모와 비서들이 급히 다가가 일왕을 지하대피소로 안내했다.

가쓰라 다로가 먼저 나섰다.

"우리도 내려갑시다."

"알겠습니다."

지하대피소는 방공호의 좁은 교통로를 따라가야만 나왔다. 일왕과 일본 내각 대신들이 교통로를 이용해 움직이고 있을 때 공습이 시작되었다.

쿵! 쿵! 쿵! 쿵!

폭탄이 방공호를 타격하면서 무수한 흙무더기가 쏟아졌다. 일왕과 일본 내각대신들은 이런 흙무더기를 피해 급히 지하로 내려갔다.

우르릉!

그런 그들의 뒤로 방공호가 무너지며 흙무더기가 쏟아져 내렸다. 다행히 모두가 급히 피신하며 인명피해는 없었지만 아찔했던 순간이었다.

폭격은 한동안 진행되었다.

그런 폭격이 끝나고 지상으로 올라온 일왕과 일본 내각대신들은 이전보다 더 참혹해진 장면을 볼 수밖에 없었다.

데라우치가 장담했던 시즈오카 방어선은 무력하게 무너졌다. 대한제국 공군이 일본군의 방어선을 고폭탄을 사용해 박살 냈기 때문이다.

이때부터 일본 내부에서는 반전 여론이 싹트기 시작했다.

이번 전쟁은 대한제국이 복수를 작정하고 진행하고 있었다. 그 바람에 피해는 제1차 한일전쟁과는 격을 달리하고 있었다. 그런 피해는 거의 전부 전쟁과 상관없는 민간인의 몫이었다.

일본인들은 일본 정부의 잘못된 판단에 전쟁의 희생양으로 전락해 버렸다. 더구나 일본군의 기습공격 때문에 전쟁이 발생했다는 사실이 소문나면서 민심이 격렬하게 들끓었다.

전쟁 중의 민심 이반은 군의 사기와 직결되기 마련이었다. 그 때문에 겨우 징집한 병력도 시간만 나면 도망병이 속출했다.

대한제국은 이런 일본의 사정을 음으로 양으로 파악하고 있었다. 그래서 시간이 지날수록 동경 일대의 폭격은 더욱 강력해졌다.

대한제국군이 이즈반도를 지날 무렵.

영국공사 존 조던이 대진을 방문했다. 10년 넘게 총영사와 대리공사 그리고 공사를 역임하고 있는 존 조던은 본토인처럼 우리말에 능숙했다.

"요즘 많이 바쁘시지요?"

대진이 부인하지 않았다.

"예, 일본과의 전쟁이 막바지에 이르다 보니 정신이 없네요."

"이번 전쟁을 지켜보면서 많이들 놀라고 있습니다."

"무엇이 놀랍다는 말씀이지요?"

"귀국이 보유한 군사력 말입니다. 솔직히 귀국의 군사력이 이처럼 대단하다는 사실을 저도 몰랐으니 다른 공사들은 오죽하겠습니까?"

"그래도 존 조던 공사께서는 어느 정도는 알고 있었지 않습니까?"

"어느 정도일 뿐이었지요. 항공기는 물론이고 전차와 장갑차에 대한 정보는 알고 있었습니다. 그런데 그런 귀국의 장비들이 실전에 사용된 적은 지금까지 한 번도 없었지 않습니까?"

"그건 그렇습니다."

"귀국의 군사 장비가 강력하다는 짐작만 하고 있었는데 이번 전쟁을 보면서 정말 놀랐습니다. 지상전에서 전차와 장갑차는 그야말로 무적이더군요. 더구나 귀국이 운용하는 항공모함을 활용한 공중폭격은 전쟁의 패러다임을 완전히 바꿀 만할 정도의 충격이었습니다. 우리 대영제국이 이처럼 놀랄 정도니 다른 나라들은 어떻겠습니까?"

존 조던이 대한제국의 군사력에 놀라워했다. 그러면서 은근히 자신의 나라 영국을 치켜세우려 했다.

대진이 웃으며 받아넘겼다.

"하하! 그래도 아직은 멀었습니다. 우리 대한제국은 이제 막 강대국에 진입한 나라이지요. 그러나 귀국은 100년 이상을 최강대국으로 군림해 오지 않았습니까?"

존 조던이 어깨를 으쓱했다.

"물론 우리 영국의 국력이 강력하지요. 그러나 귀국의 저력도 이제 만만치 않게 강력해졌습니다."

"좋게 봐주셔서 감사합니다."

"그래서 드리는 말씀인데, 본국은 귀국에 정식으로 군사동맹을 제안하려고 합니다."

대진이 정중히 거절했다.

"좋은 제안 고맙습니다. 하지만 그 제안은 귀국과 일본과의 군사동맹이 완전히 끝나는 내년 이후에 본격적으로 논의하시지요."

존 조던의 표정에는 아쉬움이 역력했다. 그러나 일본과 전쟁을 치르고 있는 대한제국의 입장에서는 당연한 대답이었기에 한발 물러섰다.

"일본과의 동맹이 발목을 잡을 줄 몰랐네요."

대진이 위로했다.

"그러나 너무 나쁘게 생각하지 마십시오. 우리 대한제국은 귀국과의 선린 우호 관계를 해치고 싶은 생각은 조금도 없으니까요."

존 조던이 몸을 앞으로 당겼다.

"그렇다면 군사협력이라도 진행하는 방향으로 검토해 보시지요."

그러나 대진은 딱 잘랐다.

"죄송하지만 그 문제도 일본과의 전쟁이 끝난 이후에 논의했으면 합니다. 현재 우리 대한제국은 모든 국력을 일본을 철저하게 굴복시키는 데 집중하고 있습니다."

"역시 전쟁이 끝나야 하는군요. 알겠습니다. 그러면 전쟁이 귀국의 승리로 끝난 이후의 상황을 논의해도 되겠습니까?"

"공사께서는 본국이 승리할 거라 확신하십니까?"

"당연하지요. 아직은 동경 일대가 남아 있지만 귀국은 일본의 대부분을 점령한 상태입니다. 우리가 보기에 일본의 항복은 시간문제입니다."

"아직은 동경 이북이 남았습니다. 러시아와 국경을 맞대고 있는 북해도에는 10여만의 병력이 주둔해 있고요."

존 조던이 고개를 저었다.

"제가 알기로 동경 부근을 제외하면 북부는 인구도 거의 없는 것으로 압니다. 북해도 병력은 러시아 때문에 뺄 수도 없는 입장이고요. 모르긴 해도 동경만 장악하면 전쟁은 끝일 겁니다."

대진도 이 점은 부인하지 않았다.

"저도 그렇게 될 거라는 예상은 하고 있습니다."

존 조던의 목소리가 은근해졌다.

"이 정도에서 일본과 종전하는 것은 어떻게 생각합니까?"
대진이 흠칫했다.
"일본에서 무슨 말이 있었던 겁니까?"
존 조던이 흠칫하다가 한숨을 내쉬었다.
"휴! 총리님의 눈을 속일 수가 없군요. 그렇습니다. 일본 공사가 어제 저를 찾아와서 종전 중재를 부탁했습니다."
대진이 딱 잘랐다.
"종전은 없습니다. 우리는 일본의 무조건적인 항복만을 바라고 있습니다. 만일 일본이 끝까지 항복하지 않는다면 아예 일본이란 나라를 세상에서 지워 버릴 계획입니다."
존 조던이 흠칫했다.
"아무리 적국이라고 해도 나라를 없애는 것은 문제가 되지 않겠습니까? 혹시 귀국이 식민지를 삼으려는 겁니까?"
"그렇지 않습니다. 우리는 실익도 없는 일본을 식민지로 삼을 생각이 없습니다. 다만, 일본열도를 네다섯 개의 소국으로 나눠 버릴 계획은 갖고 있습니다."
존 조던이 깜짝 놀랐다.
"일본을 분할하겠다고요?"
"그렇게 놀랄 일이 아닙니다. 일본은 700여 년 동안 300여 개로 분리되었던 나라였습니다. 그런 나라가 다시 몇 개로 나뉜다고 해서 하등 이상할 일이 아니지요."
"그렇기는 하지만 통합되었던 나라가 다시 나뉜다고 하니

묘한 느낌이네요."

"충분히 가능한 일입니다. 얼마 전까지 규슈로도 나뉘었으니까요."

대진의 의지가 확고하다는 사실을 안 존 조던은 발을 뺐다.

"귀국이 의지가 그렇다면 종전을 더 권하지 않겠습니다."

"이해해 주셔서 감사합니다."

존 조던은 아무 성과도 얻지 못했다.

그러나 대진이 한 약속의 무게가 결코 가볍지 않다는 것을 그는 잘 알고 있었다. 더구나 일본의 패전을 확신하고 있었기에 비교적 홀가분한 심정으로 돌아갈 수 있었다.

존 조던을 보낸 대진은 잠깐 고심했다. 그러던 대진은 결심을 하고서 전화기를 들었다.

"합참의장을 바꿔 주게."

곧이어 합참의장이 나왔다.

"일본 공략 계획을 변경하겠습니다. 지금부터 모든 역량을 집중해 공세를 취하도록 하세요. 그래서 해가 가기 전에 일본의 항복을 받아 내도록 합시다."

-본래라면 내년 봄까지 공략하기로 했는데 계획을 바꾸신 까닭을 여쭤 봐도 되겠습니까?

"방금 영국공사가 다녀갔습니다."

대진이 면담 내용을 설명했다.

"……앞으로 일본은 수단과 방법을 가리지 않고 외국에 중재를 부탁할 겁니다. 일본의 부탁을 받는 외국의 입장에서는 좋은 기회라 생각하고 중재에 나서려 하지 않겠어요?"

―당연히 그러겠지요.

"우리는 일본으로부터 무조건적인 항복을 받아 내야 합니다. 그런 우리가 중재하는 나라와 불편한 관계가 될 수도 있어요. 그런 사태를 미연에 방지하기 위해 전면전을 벌이려는 겁니다. 그리고 내일 내가 직접 기자회견을 해서 일본의 무조건적인 항복을 요구할 겁니다."

합참의장이 바로 대답했다.

―알겠습니다. 각 군 참모총장에게 총리님의 지시를 그대로 전달하겠습니다.

"잘 부탁합니다."

이날 대한제국군은 대대적인 공격을 감행했다. 이 공격에 그동안 자제하고 있던 수군까지 전격적으로 참여해 무차별 함상포격을 감행했다.

다음 날.

대진은 기자회견을 자청했다.

"우리 대한제국은 일본에 무조건적인 항복을 요구합니다. 그 이외에는 어떠한 협상도 없을 것이며 누구의 중재도 받지 않을 것을 천명합니다. 다시 한번 강조하지만 일본이 선택할 수 있는 길은 오직 하나, 무조건적인 항복뿐입니다."

짧은 회견문을 낭독한 대진은 기자들의 질문도 받지 않고 퇴장했다. 대진의 메시지는 여러 경로를 통해 일본 정부로 전달되었다.

일본 정부는 낙담했다.

그러면서 대한제국의 공세는 이전보다 몇 배나 강해진 이유도 알게 되었다. 그럼에도 일본은 끝까지 종전 협상의 끈을 놓지 않으려 했다.

일본은 서양 각국에 중재를 요청했다.

그러나 이러한 중재 요청은 서양 각국의 거부로 번번이 좌절되었다. 이 소식을 들은 대한제국군은 공세를 더 강화하면서 일본을 옥죄었다.

그러던 11월 초.

대한제국 지상군이 동경 진입을 목전에 앞둔 상황에서 일본은 결국 항복했다. 대한제국은 항복 조건으로 일왕이 직접 나서라고 했다.

일본 정부는 이 요청을 극렬하게 반대했다. 그러나 무차별 포격과 공중폭격에 이은 지상군의 압박에 일본 정부는 무릎을 꿇지 않을 수 없었다.

일본은 아직 라디오방송을 하지 않고 있어서 항복 발표는 기자회견 형식을 취했다. 기자회견장에는 내외신 기자 수십 명이 참석했다.

일왕이 부축을 받으며 회견장에 입장했다. 그런 일왕의 뒤

로 일본 총리를 비롯한 내각대신들이 따라 들어왔다.

펑! 펑! 펑! 펑!

그 순간 수십 대의 카메라플래시가 터졌다. 갑작스러운 플래시 세례에 일왕은 순간 당황했다.

그런 일왕을 측근들이 진정시켰다. 잠시 마음을 진정시킨 일왕이 가져온 발표문을 펼쳤다.

"오늘 우리 대일본제국은 어쩔 수 없는 상황으로 인해……."

일왕이 낭독한 발표문에 항복하겠다는 뚜렷한 의사 표시는 없었다. 그러나 그러한 발표문이 항복하겠다는 의미라는 사실을 모르는 사람은 없었다.

일왕의 뒤에 있던 내각대신들은 하나같이 눈물을 흘렸다. 그런 눈물바다 속에서 일왕은 항복 발표문 낭독을 끝내고 깊숙이 허리를 굽혔다.

펑! 펑! 펑! 펑!

그 순간, 플래시가 수없이 터졌다.

고개를 숙였던 일왕은 흐르는 눈물을 훔치고는 천천히 퇴장했다. 그런 일왕을 일본 내각대신들은 깊게 허리를 숙여 배웅했다.

일왕의 항복 발표로 반년 넘게 진행되었던 전쟁이 끝났다. 그것도 일본의 무조건적인 항복으로 끝났다는 사실을, 기자들이 전 세계로 타전했다.

대한제국은 이날 호외로 나라가 뒤덮였다. 세계 각국도 일왕의 발표 현장을 스케치로 그려서 호외가 주요 도시에 깔렸다.

일본이 항복을 했다고 해서 상황이 끝난 것은 아니다. 대기하고 있던 대한제국 함대가 대거 동경에 입항했다.

그리고 승선해 있던 해병사단 병력을 지상으로 쏟아 냈다. 하선한 해병사단은 신속히 이동해 일본 내각대신들과 일왕의 신병부터 장악했다.

이어서 일본군의 최고 지휘관들과 전 · 현직 대신들을 체포하기 시작했다.

그런데 약간의 문제가 발생했다.

그동안 이어졌던 폭격으로 전직 대신들의 상당수가 유고되었다. 그리고 남은 대신들 대부분도 피난을 떠난 터라 잡아들인 사람이 별로 없었다.

해병사단이 동경을 장악해 가고 있을 때.

지상군은 대치하고 있던 일본군의 무장을 해제시켰다. 수십만의 일본군 병력의 무장을 해제시키는 데에도 며칠의 시간이 걸렸다.

그리고 며칠 후.

북해도에도 수만 명의 병력이 상륙했다.

열도 공략이 벌어지는 동안 북해도도 폭격으로 상당한 피해가 발생했다. 그러나 대한제국의 의도적인 노력으로 민간인 거주지는 단 한 곳도 피해를 입지 않았다.

덕분에 하코다테 등 여러 항구는 전쟁 이전처럼 깨끗했다.

북해도에 상륙한 대한제국군은 북해도사령부를 먼저 접수했다.

그러고는 각 지역으로 병력을 나눠 일본군 무장을 해제시켰다. 다행인 점은 이런 과정에서 단 한 번의 반발도 없었다는 것이었다.

그만큼 일왕의 항복 발표는 일본군에 충격으로 다가왔다. 그리고 대한제국군의 폭격은 일본군의 반발 의지를 갖지 못하게 할 정도로 위력적이었다.

산둥에도 일단의 병력이 파견되었다.

산둥 일본군은 대한제국의 폭격에 막대한 피해를 입었다. 그러나 아직도 30만 이상이 남아 있었기에 이 병력을 무장해제 하고 산둥을 장악하기 위해 1개 군단 5만여 명이 동원되었다.

산둥은 청일전쟁 이후 일본이 지배하고 있었다. 그런 기간이 15년이 넘으면서 산둥에는 일본색이 강하게 입혀져 있었다.

산둥에는 수십만의 민간인이 일본군과 함께 넘어와 있었다. 대한제국은 일본인의 재산을 몰수한 뒤 무장해제 한 일본군과 함께 모조리 추방했다.

산둥에 군정을 선포했다.

이러한 대한제국의 조치에 청국은 조금의 반발도 하지 않았다. 그만큼 청국 정부는 유명무실해져 있어서 산둥에 대한 권리를 행사하지 못했다.

그러나 서양 각국은 달랐다.

대한제국이 산둥에 진출한 지 한 달이 되었을 무렵, 대진의 집무실로 몇 명의 공사들이 방문했다.

"어서들 오십시오."

집무실을 찾은 공사는 영국과 독일, 프랑스와 미국이었다. 대진은 이들이 찾아온 이유를 어렵지 않게 짐작할 수 있었다.

차가 나오고 잠시 한담이 오갔다.

대진이 먼저 본론을 꺼냈다.

"오늘은 어쩐 일로 여러분께서 함께 저를 찾아오신 겁니까?"

영국공사가 먼저 나섰다.

"총리께서도 짐작하셨겠지만 일본에 대한 처리와 산둥 문제 때문에 찾아뵈었습니다."

프랑스공사가 말을 이었다.

"우선은 일본 문제를 거론했으면 합니다. 대한제국은 일본을 어떻게 처리하실 계획입니까?"

대진이 딱 잘랐다.

"두 번 다시 삿된 생각을 하지 못하도록 할 계획입니다."

"일본을 식민지로 삼겠다는 말씀입니까?"

"아닙니다. 당분간 일본에도 군정을 실시할 예정입니다. 아울러 화근덩어리인 군주제도를 폐지할 예정이고요."

모든 공사가 깜짝 놀랐다.

독일공사가 가장 크게 놀랐다.

"일본국왕을 폐위시킨다는 말씀입니까?"

"그렇습니다. 일본은 지난 수십 년간 일왕에 대한 신격화 작업을 해 왔습니다. 그것을 바탕으로 군사력을 배양해 벌써 몇 번이나 다른 나라와 전쟁을 치러 왔습니다. 그런 일본을 근본적으로 바꾸기 위해서는 군주제가 폐지되어야 합니다. 아울러 군대도 없어져야 하고요."

이 말에 모두들 놀랐다.

미국공사가 반문했다.

"군대가 없는 나라라니요? 그게 가능한 일입니까?"

"충분히 가능합니다. 앞으로 일본의 방어를 위한 경비대가 새롭게 창설될 것입니다. 일정 이상의 병력과 함정은 보유하지 못하게 할 것이고요."

대진이 일본군의 해산과 그에 따른 대비책을 설명했다. 처음에는 의구심을 나타내던 공사들도 설명이 이어지면서 동조했다.

영국공사가 바로 나섰다.

"그 정도면 일본도 거부하지 못하겠군요."

이 말에 다른 공사들도 동조하는 발언을 했다.

프랑스공사가 상황을 보다가 질문했다.

"배상금을 많이 요구하시겠지요?"

"물론입니다. 이번 전쟁에 본국은 막대한 전비를 투입했습니다. 그에 대한 대가는 반드시 받아 내야지요. 아울러 일본의 도발을 항구적으로 막기 위해 북해도를 다시 넘겨받을 계획입니다."

이때 놀라운 일이 일어났다.

대진의 발언에 단 한 명도 이의를 제기하지 않은 것이다. 대진은 이런 반응에 내심 어리둥절했으나 그런 까닭을 바로 알 수 있었다.

독일공사가 나섰다.

"귀국이 산둥 일본군을 무장해제 하면서 산둥을 장악해 군정을 선포했다고 들었습니다. 그래서 드리는 말씀인데, 혹시 귀국이 산둥을 식민지로 삼으려는 것입니까?"

영국공사가 바로 받았다.

"오늘 우리들이 총리님을 찾아뵌 진짜 목적은 산둥 때문입니다."

프랑스공사도 동조했다.

"우리가 알고 있기로 귀국은 대륙 진출에 관심이 없었습니다. 그런 귀국의 국가 기조가 이번 일로 인해 바뀐 것입니까?"

세 나라 공사들이 연이어 우려를 나타냈다. 그럼에도 미국공사는 덤덤한 표정을 지으며 말없이 앉아 있었다.

대진은 궁금했다.

"미국도 같은 생각입니까?"

미국공사가 고개를 저었다.

“우리 미합중국은 귀국의 산둥 진출에 대해 별다른 관심이 없습니다. 그러나 한 가지 일본이 무력해진 지금 귀국의 태평양으로의 세력 확대가 우려될 뿐입니다.”

대진이 딱 잘랐다.

“본국은 지금의 상황에 만족하고 있습니다. 그리고 태평양에서 돌발변수가 생긴다면 반드시 미국과 협의할 것을 약속드립니다.”

미국공사가 대단히 흡족해했다.

“그렇게만 해 주신다면 우리 미합중국은 더 바랄 나위가 없습니다. 아울러 귀국이 일본에 대해 어떠한 조치를 하더라도 전적으로 동조하겠습니다.”

미국공사가 이 말을 하고는 뒤로 물러섰다.

세 명의 각국 공사들은 잠시 난감한 표정을 지었다. 그러다 독일공사가 나섰다.

“산둥에 대한 귀국의 분명한 입장을 듣고 싶습니다.”

대진이 고개를 끄덕였다.

“좋습니다. 그렇게 하지요. 본국은 산둥을 장악할 생각이 조금도 없습니다.”

프랑스공사가 즉각 문제를 제기했다.

“그러면 왜 군정을 실시하는 겁니까?”

“산둥에는 일본군만 있는 것이 아니라 일본 민간인도 수십만이나 됩니다. 이들은 일본군의 비호를 받아 가며 그동안 막대한 재산을 불려 왔지요. 우리는 이러한 일본인들의 재산을 철저하게 조사해 전량 압수 조치할 겁니다. 원주민을 수탈한 자들은 색출해서 철저하게 벌을 줄 것이고요."

"그런 일은 청국 정부가 해도 되지 않습니까?"

"아닙니다. 이번 전쟁의 단초와도 같은 산둥을 청국에 그냥 넘겨줄 수는 없지요. 아니 국익을 위해서라도 그렇게 하고 싶지도 않습니다."

영국공사가 질문했다.

"그렇게 정리하고 나서 청국에 돌려준다는 말씀입니까?"

"그렇습니다. 우리 대한제국은 앞으로 3년간 군정을 실시할 예정입니다. 그동안 일본의 색깔을 완전히 없애 버린 뒤에 청국에 반환할 겁니다."

미국공사가 고개를 갸웃했다.

"아무 조건도 없이 돌려준다는 말씀입니까?"

대진이 웃었다.

"하하하! 무조건 돌려줄 수는 없겠지요. 본국은 3년 후 산둥을 청국 정부에 반환할 겁니다. 그러나 본국도 최소한의 이익을 위해 산둥 일대의 이권만큼은 30년 동안 보장받을 겁니다."

묘한 기간이었다.

30년 동안의 이권은 짧다면 짧고 길면 긴 시간이다. 그러

나 산둥을 반환하겠다는 약속에 각국 공사들은 그 부분을 문제 삼지 않았다.

자신들도 청국에 각종 빨대를 꽂아 두고 있는 상황이었기 때문이다.

영국공사가 인사했다.

"귀국의 결정에 감사드립니다."

"아닙니다. 이전에도 말했듯이 본국은 청국이 도발하지 않는 한 대륙 진출에 관심이 없습니다. 그러한 정책기조에 입각해서 산둥도 일정 기간 후 청국에 반환하려는 것이지요."

대진과 각국 공사와의 만남은 곧바로 세상에 알려졌다. 대한제국의 이러한 방침에 서양은 물론 청국은 크게 놀랐다.

청국 정부가 대환영하면서 공사가 직접 찾아와 감사를 표시했다. 청국에 산둥은 일본에 강탈당해 수복하기 어려운 식민지였다.

그런 산둥을 대한제국이 되찾아 돌려주겠다고 한 것이다. 소식이 알려지자 북경에서는 지식인들의 주도로 대대적인 환영행사까지 열렸다.

청국의 지식인들은 대한제국의 결정을 격렬하게 환영했다. 그러고는 양국이 구원을 깨끗이 잊고서 새로운 관계를 맺자는 선언까지 했다.

이런 분위기는 산둥까지 이어졌다.

일본의 15년 학정은 지독했다.

일본은 본토에서 부족한 양곡을 산둥에서 충당하려 했다. 더구나 일본 상인들은 일본군의 노골적인 지원으로 상권까지 장악했다.

그로 인해 산둥은 늘 식량 부족에 허덕이면서 해마다 많은 인명이 죽어 나갔다. 이런 학정을 견디지 못한 원주민들이 대거 산둥을 떠나면서 기존의 경제기반이 완전히 무너졌다.

이런 산둥에 희망이 생긴 것이다. 원주민들은 적극 협조했으며 대한제국군은 덕분에 빠르게 산둥을 안정시킬 수 있었다.

순친왕에 의해 공직을 사퇴당한 원세개는 천진의 조계지에 머무르고 있었다. 그런 원세개가 머무르고 있는 한 주택에 대한제국외교관이 찾아왔다.

"우리 총영사님께서 원 대인을 만나 보고 싶어 하십니다."

원세개가 고민도 하지 않고 일어났다.

"가십니다."

영사관에 도착한 원세개는 기다리고 있던 사람과 인사를 나눴다.

"어서 오십시오, 천진주재 총영사 도명국입니다."

"반갑습니다, 총영사님. 원세개입니다. 그런데 무슨 일로 저를 만나자고 하신 겁니까?"

"본국의 총리 각하께서 원 대인을 만나 뵙고 싶어 하십니다. 혹시 본국을 다녀올 의향이 있으신지요?"

원세개가 놀라 반문했다.

"무슨 일이 있는 겁니까?"

"저도 자세한 사정은 모릅니다. 하지만 원 대인에게 절대 해가 되지는 않을 겁니다."

원세개가 잠시 고심했다.

"가는 것은 그렇다 치고, 나를 어떻게 데려갈 겁니까?"

"대인께서 동의하신다면 본국인으로 변장해서 외교관으로 모셔 가려 합니다."

"좋습니다. 그렇게 합시다."

총영사는 준비한 옷을 갈아입혔다. 그러고는 수염까지 분장시켜서는 영사와 함께 대한제국을 왕래하는 수송선을 타게 했다.

다행히 별다른 문제없이 천진을 출발해 영구에 도착할 수 있었다. 영구에 도착한 원세개는 기차를 타고 요양으로 올라갔다.

대진이 원세개를 보고서 환대했다.

"어서 오시오, 원 대인."

원세개가 두 손을 모았다.

"그간 평안하셨습니까? 총리 각하."

"하하! 늘 여전하지요."

원세개가 자리에 앉으며 질문했다.

"저를 보자고 하셨다고요?"

"그렇습니다. 대인에게 좋은 제안을 드리기 위해 보자고 했습니다."

원세개가 눈을 빛냈다.

"무슨 제안입니까?"

"산둥을 우리가 3년간 통치하게 된 사실은 알고 계십니까?"

"물론입니다. 저도 그 소식을 듣고 너무도 놀랍고 또 기뻤습니다. 청국 신민을 대신해 제가 감사드립니다."

원세개가 두 손을 모으고 정중히 고개 숙였다. 대진은 그의 인사에 고개를 끄덕이며 화답했다.

"우리도 산둥이 일본의 마수에서 벗어난 사실이 무척 다행으로 생각하고 있지요."

대진이 목소리를 낮췄다.

"원 대인, 나는 원 대인이 산둥에서 권토중래할 수 있도록 지원을 하고 싶은데 어떻게, 내 제안을 받아들이겠습니까?"

"어떤 지원을 해 주신다는 겁니까?"

"산둥은 물론이고 일본열도에서 우리가 노획한 일본군의 군수물자가 엄청나게 많지요. 원 대인이 원한다면 그것을 이용해 군사력을 배양하도록 도움을 드리려고 합니다."

원세개가 깜짝 놀랐다.

"산둥에서 병력을 양성하라는 말씀입니까?"

"그렇습니다. 그동안 북양군은 청국 조정의 노골적인 견제 때문에 제대로 된 지원을 받지 못하고 있는 것으로 압니

다. 그런 북양 병력 중 일부를 산둥으로 배치해도 좋고, 아니면 북양군의 지휘관들이 산둥으로 내려와 징병해서 새로운 병력을 양성해도 좋겠지요."

생각지도 않은 제안에 원세개가 고심했다. 그런 그가 조심스럽게 입을 열었다.

"산둥에서 병력을 양성하는 것은 실로 파격적인 제안입니다. 그런데 이렇게까지 저를 도와주시려는 이유가 무엇입니까?"

대진이 생각을 숨기지 않았다.

"나는 원 대인이 청국의 최고 지도자가 되기를 바랍니다. 그렇게 되면 양국 관계는 지금보다 훨씬 돈독해지지 않겠습니까?"

"당연히 그렇게 되겠지요."

"나는 원 대인이 강력한 지도력을 발휘해 청국을 이끌어 가기를 바랍니다. 그러기 위해서는 강력한 직할부대가 필요하고요."

"저에게는 북양군이 있습니다."

"그렇기는 하지요. 그러나 지금의 북양군은 청국 정부의 집중 견제로 무장 상태가 빈약하기 짝이 없지 않습니까?"

원세개의 얼굴이 붉어졌다.

대진의 목소리가 은근해졌다.

2장

"북양군도 무장을 새롭게 해야 과거의 성세를 되찾을 수 있지요. 그러나 지금의 청국으로선 대대적인 지원을 바라는 건 무리입니다. 그래서 지휘관들이 불만이 많은 것으로 압니다."

"그 말씀은 맞습니다."

대진이 제안했다.

"원 대인이 원한다면 나는 일본군에게서 노획한 군수물자를 지원해 드리지요. 그것을 갖고 산둥에서 병력을 양성하고 북양군도 재무장시켜 완전한 원 대인의 군대로 만드세요. 그렇게 되면 청국의 누구도 원 대인을 함부로 하지 못할 겁니다."

원세개가 이를 부득 갈았다.

"으득! 맞는 말씀입니다. 그리만 되면 섭정인 순친왕도 감히 나를 어찌하지 못할 겁니다."

대진이 은근히 그를 부추겼다.

"그럴 겁니다. 그렇게 북양군을 온전히 원 대인의 군대로 만들어서 때를 기다리세요. 모르긴 해도 원 대인의 복귀가 그렇게 오래 걸리지는 않을 겁니다."

그 말에 원세개가 결정했다.

"좋습니다. 총리님의 지원을 감사히 받아들이겠습니다. 그에 대한 보답은 제가 복귀하고 나서 반드시 하겠습니다."

"하하하! 그렇게 하십시오."

대진은 대륙의 분열을 위해 산둥을 포기했다. 그 일환으로 원세개의 욕망을 부추겨 사병으로 양성하도록 조언했다.

실각해 있던 원세개는 대진의 제안을 덥석 받아들였다. 그로서는 권토중래를 위한 어쩔 수 없는 선택일 수도 있었다. 그러나 이 일이 대륙 분열의 도화선이 될 줄은 그는 꿈에도 생각을 못 했다.

대한제국은 신속하게 움직였다.

가장 먼저 일본의 군주제도를 폐지했다. 5년간의 군정을 공표하고는 내각을 해산시켰다.

군대도 해산시켰다.

그 대신 한정된 병력의 육상경비대만 운용하게 했다. 해군도 해상경비대로 격하되었으며 1,000톤급 연안경비정만 운용하게 했다.

배상금은 30억 원으로 책정했다. 이는 일본 예산의 15년 분으로 50년간 복리로 분납하게 했다.

북해도는 대한제국에 재차 할양되었다.

열도에 군대도 주둔시켰다.

동경만의 요코스카를 대한제국 제2태평양함대의 모항으로 넘겨받았다. 군대가 없어진 일본을 보호한다는 이유였지만 실상은 일본의 목줄을 잡기 위한 조치였다.

대한제국은 일본의 산업기반을 철저하게 말살하려 했다. 열도 곳곳에 산재해 있던 해군공창의 각종 시설을 철저히 해체했다. 아울러 거함 건조 연구원과 관련자를 모조리 본국으로 압송했다.

각종 군수공장을 비롯해 야하타 제철소와 같은 산업기반 시설도 해체해 가져갔다. 그리고 관련자들은 예외 없이 본국으로 압송했다.

일본은 청일전쟁 이후 모든 국력을 군수산업 발전에 맞춰 왔다. 그런 일본에서 군수산업이 뿌리 뽑히면서 경제의 근간이 무너졌다.

더구나 산둥과 북해도까지 넘겨주면서 일본 경제는 엄혹한 시간을 보낼 수밖에 없었다.

대한제국은 위상 자체가 달라졌다.

이전까지는 동양 최강국 정도로 인식되었다. 그러다 한일

전쟁을 계기로 영국도 쉽게 상대할 수 없는 강국으로 지위가 격상되었다.

세계 최강대국의 반열에 오른 것이다.

그런 영향 덕분에 교역 규모가 폭발적으로 증대되면서 원화 가치도 확고하게 자리를 잡아 갔다.

그러던 1911년 초.

대진의 집무실로 몇 명이 모였다.

"어서들 오십시오."

대한제국에는 울릉유전이 있다.

마군이 도래하면서 울릉유전도 함께 넘어왔기 때문이다.

그리고 유전과 관련 시설을 관리하던 석유공사와 S중공업 출신들도 함께 넘어왔다.

이들 덕분에 대한제국은 다른 나라보다 먼저 석유화학공업을 시작할 수 있었다. 석유화학공업은 시간이 지날수록 폭발적으로 성장해 지금은 세계 최고의 기술력을 자랑하고 있었다.

이날 대진이 초대한 사람은 유전 개발 전문가들이었다. 이들 중 가장 나이가 많은 사람이 나섰다.

"오랜만에 뵙습니다, 총리님."

대진도 화답하며 손을 내밀었다.

"오랜만입니다, 황 고문님."

대진과 악수한 사람은 황용섭이다.

그는 울릉유전을 관리하던 석유공사의 직원이었다. 도래했을 때 30대 초반이었으나 어느덧 백발이 성성한 나이가 되었다.

황용섭은 석유공사 사장을 역임했다. 이후 사장직을 내려놓고는 기술 고문으로 활약하고 있었다.

황용섭이 눈을 빛내며 질문했다.

“총리님께서 우리를 뵙자고 하는 말씀을 듣고 가슴이 설레었습니다. 어떻게, 제 예상대로 중동의 유전 개발을 시작하는 겁니까?”

대진이 웃었다.

“하하하! 예, 맞습니다. 이제 때가 되었습니다.”

“아아!”

탄성을 터트리던 황용섭이 주먹을 움켜쥐었다.

“맡겨만 주십시오. 어떤 일이 있더라도 유전 개발에 성공해 국익에 도움이 되도록 하겠습니다.”

“루마니아유전처럼만 해 주시면 됩니다.”

황용섭이 놀랐다.

“아니, 그럼 중동도의 유전 개발이 아닙니까?”

대진이 고개를 저었다.

“중동도의 유전은 조금 더 있다 시작하려고 합니다. 우선은 쿠웨이트와 바스라 지역을 먼저 개발하려고 합니다.”

황용섭이 크게 아쉬워했다.

"우리가 중동에 진출한 지 벌써 반세기가 넘었습니다. 그동안 수십만의 주민도 이주하고 원주민도 우리의 통치에 완전히 적응한 것으로 압니다."

"황 고문님 말씀대로 중동도의 치안은 최고이지요. 문제가 되었던 베두인족도 이제는 우리의 통치를 완전히 받아들였고요."

"그런데 왜 유전 개발을 늦추는 겁니까?"

"이목을 돌리기 위해서입니다. 우선은 쿠웨이트와 바스라 지역의 유전을 개발할 겁니다. 오스만과는 이미 그에 따른 전반적인 협의를 마쳐 두었고요. 고문님도 아시겠지만 두 지역의 원유 매장량이라면 본국이 몇십 년은 풍족하게 쓸 정도이지 않습니까?"

"당연히 그렇지요. 하지만 오스만과 쿠웨이트에 일정 지분을 넘겨줘야 하지 않습니까?"

"루마니아보다는 낮지만 생산량의 20%를 넘겨주기로 했습니다."

황용섭이 깜짝 놀랐다.

"총리님, 비율이 너무 높은 거 아닙니까? 루마니아는 국왕이 먼저 투자한 상황이어서 투자를 많이 하지 않아도 되는 현장이었습니다."

대진이 싱긋이 웃었다.

"석유공사에는 전 세계의 유전 지도를 그려 놓고 있지요?"

황용섭이 바로 대답했다.

"그렇습니다. 마군의 지식을 총동원해 유전 지도를 그려 두었습니다. 그뿐이 아니라 주요 유전 지대는 극비리에 현장 탐사까지 마쳐 두었고요."

"그랬을 겁니다. 다른 지하자원도 대한그룹 자회사인 대한자원과 한국자원공사가 합작해서 전 세계의 자원을 샅샅이 조사해 놓았지요."

"그랬다는 말은 들었습니다."

대진이 황용섭을 바라봤다.

"쿠웨이트와 바스라 유전에 대한 상황을 고문님께서도 아시지요?"

"물론입니다. 중동의 유전 개발은 제가 직접 하고 싶어서 철저하게 조사해 두었습니다. 두 유전은 전부가 지표 유전입니다. 그 바람에 채굴 비용이 거의 들지 않습니다."

"오스만과 쿠웨이트토후에게 20%나 되는 지분을 넘겨준 까닭이 바로 그 때문입니다. 그리고 약정 비율을 높게 잡은 까닭은 영국을 견제하기 위해서이기도 합니다."

황용섭이 바로 알아들었다.

"영국의 보호령인 휴전오만과 이란에 있는 유전 때문이군요."

휴전오만은 지금의 아랍에미리트다.

대진이 인정했다.

"그렇습니다. 우리가 두 지역의 유전 개발에 성공하면 영국도 분명 가만있지 않을 겁니다. 영국은 2년 전 정부가 주도해 석유 회사를 설립했습니다. 앵글로-페르시아 석유 회사이지요. 우리가 두 지역의 유전 개발에 성공하면 그 회사를 앞세워 대대적인 개발을 시작할 겁니다. 그럴 때마다 20%의 비율은 늘 부담이 되겠지요."

황용섭이 고개를 끄덕였다.

"맞는 말씀입니다. 유전은 채굴 기술이 받쳐 주지 않으면 개발이 어렵습니다. 투자 금액도 급격히 증가하고요. 유전을 개발하려는 영국에 20%라는 지분은 분명 부담이 될 겁니다."

대진이 생각을 밝혔다.

"나는 영국이나 미국 등이 유전 개발에서 일방적으로 앞서 나가는 것을 바라지 않습니다. 아니 우리 대한제국이 유전 개발에서만큼은 어느 나라보다 우위에 서기를 바라고 있습니다."

"그런 계획이라면 저도 찬성입니다."

대진이 당부했다.

"이번이 시작입니다. 황 고문님의 활약은 곧 대한제국의 위상과 직결됩니다. 그러니 좋은 결과가 나올 수 있도록 잘 부탁드립니다."

황용섭이 다짐했다.

"걱정하지 마십시오. 저의 마지막 사명이라 여기고 최선을 다해 반드시 최고의 성과를 얻어 내겠습니다."

대진은 그와 함께한 유전 개발 전문가들과 일일이 악수를 나눴다. 인사를 마친 황용섭은 10여 일 후 전문가들과 함께 부산에서 정기여객선에 승선했다.

여객선은 상해 · 홍콩과 카타르 도하와 담맘을 거쳐 쿠웨이트에 도착했다. 중간 기착지가 많은 탓에 여정은 한 달이나 걸렸다.

대한제국 보호령인 쿠웨이트에는 대대 병력이 주둔해 있었다. 아울러 상당수의 자국민도 진출해 있어서 영사관이 설치되어 있었다.

여객선을 하선한 황용섭이 전문가들과 함께 영사관을 찾았다.

쿠웨이트영사가 크게 반겼다.

"어서 오십시오. 그렇지 않아도 본국의 훈령을 받고 기다리고 있었습니다."

"반갑습니다. 석유공사 기술 고문 황용섭이라고 합니다."

황용섭이 자리에 앉으며 질문했다.

"쿠웨이트와의 협의는 어떻게 되었습니까?"

"총리님의 특명으로 사전에 실무 협의는 마쳐 두었습니다. 그래서 당장이라도 탐사를 시작하시면 됩니다. 바스라도 마찬가지로 총독과 실무 협의를 마쳐 둔 상황이고요."

"그렇다면 다행입니다. 쿠웨이트에서의 유전 개발을 놓고 오스만제국이 문제를 제기하거나 하지는 않겠지요?"

쿠웨이트영사가 고개를 저었다.

"신경 쓰지 않아도 됩니다. 오스만제국은 본국과의 비밀 협상에서 약간의 이권을 넘겨받는 조건으로 본국의 보호령을 묵시적으로 인정하기로 약속했습니다."

황용섭이 우려했다.

"묵시적이라면 나중에라도 문제를 삼지 않겠습니까?"

쿠웨이트영사가 설명했다.

"그렇게는 할 수가 없습니다. 오스만이 아라비아 동부 지역을 우리에게 넘겼을 때 아랍에서 불만이 꽤 많았다고 합니다. 그래서 쿠웨이트를 본국의 보호령으로 인정하지만 대외적으로 공표하지 않는 선에서 정리하게 된 겁니다."

"정치적인 이유가 작용했다는 말이군요."

"그렇습니다. 더구나 쿠웨이트는 오스만에 중요한 지역도 아니어서 우리의 보호령을 인정한 것이지요. 그리고 쿠웨이트 토후는 이번의 유전 개발에 엄청난 관심을 보이고 있습니다."

"아! 그렇습니까?"

"쿠웨이트는 무역으로 살아가는 나라입니다. 그런데 몇 년 전 대상인이었던 자가 반란에 가담하면서 무역 수익이 크게 떨어진 상황입니다."

"이 지역도 진주 양식을 하지 않나요?"

영사가 고개를 저었다.

"이곳도 아라비아 동부의 다른 지역처럼 천연 진주 양식을 하지만 큰 수익은 아니지요. 그런 쿠웨이트토후에게 유전이 개발된다면 얼마나 큰 도움이 되겠습니까?"

황용섭이 장담했다.

"그 어느 아랍의 토후보다 막대한 부를 축적하게 될 겁니다."

"쿠웨이트토후는 루마니아가 석유로 엄청난 수익을 거둬들이고 있다는 사실을 알고 있습니다. 그래서 단장님이 오시기를 학수고대하고 있지요."

"그렇군요."

쿠웨이트영사가 일어났다.

"가시지요. 토후께서 단장님이 오신 것을 알고 있으니 인사부터 하고 오시지요."

"그렇게 하십니다."

토후의 저택을 찾은 황용섭은 극진한 환대를 받았다.

무바라크토후는 황용섭의 방문을 환영했다.

"유전 탐사와 개발에 필요한 사항이 있으면 주저 말고 요청하십시오. 전력을 다해 도와드릴 것을 신의 이름으로 약속드립니다."

"말씀만 들어도 감사합니다."

"그런데 어느 지역부터 탐사를 하실 겁니까? 우리 쿠웨이트의 영토가 작지만 조사하려고 하면 의외로 시간이 많이 걸릴 것입니다."

"저도 그 점은 알고 있습니다. 그래서 가장 먼저 쿠웨이트에서 얼마 떨어지지 않은 부르간(Burgan) 지역부터 탐사를 하려고 합니다."

무바라크토후가 고개를 갸웃했다.

"부르간이라면 쿠웨이트 성벽에서 80여 킬로미터 떨어진 사막지대인데요. 그런 사막뿐인 지역을 먼저 탐사한다고요?"

대한제국은 이미 쿠웨이트에 대한 사전조사가 되어 있었다. 그러나 그런 사실을 토후에게 알려 줄 수는 없었다.

황용섭이 크게 웃었다.

"하하하! 유전은 사막뿐이 아니라 어느 곳에든 존재합니다. 우리가 부르간 지역을 콕 찍은 까닭은 그 일대가 이전부터 원유의 부산물이라고 할 수 있는 역청(瀝靑)이 채취되었다는 정보를 입수했기 때문입니다."

"아! 그렇습니다. 저도 그런 일이 있었다는 보고를 받은 적이 있습니다."

"역청은 원유의 부산물이어서 그 일대를 탐사하면 유전이 있을 확률이 아주 높습니다. 그래서 우선적으로 부르간 지역부터 정밀탐사를 할 계획입니다."

"유전이 발견되면 언제부터 생산할 수 있나요?"

"현장 사정에 따라 다릅니다. 그러나 부르간은 사방이 평지고 바다와도 멀지 않아서 오래 걸리지 않을 겁니다."

무바라크가 눈을 빛냈다.

"수익 배분은 그 이후부터 진행되는 겁니까?"

"본래는 그렇습니다. 그러나 쿠웨이트토후께서 자금이 필요하다면 말씀해 주십시오. 매장량이 1차 확인된 이후 본국과 협의해 일부라도 선지급받도록 주선해 드리겠습니다."

무바라크토후가 반색했다.

"그렇게만 해 주신다면 더없이 고마운 일이지요. 앞으로 잘 부탁드립니다."

황용섭은 이날 무바라크토후로부터 극진한 대접을 받았다. 그런 다음 날 전문가들과 함께 해병대의 보호를 받으며 트럭을 타고 이동했다.

그리고 3월 초.

비서실장이 들어와 대진에게 보고했다.

"총리님, 쿠웨이트에서 급보입니다."

쿠웨이트라는 말에 눈이 번쩍 뜨였다.

"유전을 발견했다고 해?"

"그렇습니다. 부르간 지역에 바로 추정하기 어려울 정도의 엄청난 양이 매장된 유전이 발견되었다고 합니다."

대진이 주먹을 움켜쥐었다.

"그렇지! 석유공사 황 단장님과 기술진이 제대로 찾아내었구나."

비서실장이 질문했다.

“총리님, 부르간 지역에 개발된 유전의 매장량이 얼마나 될까요?”

대진이 설명했다.

“우리 마군의 기록에 따르면 부르간유전의 매장량은 600~700억 배럴이라네.”

비서실장의 눈이 커졌다.

“그렇게나 매장량이 많습니까?”

“그뿐이 아니야. 쿠웨이트북부인 바스라와 접한 지역에도 수십억 배럴의 원유가 매장되어 있어.”

“이야, 쿠웨이트는 그럼 원유 위에 떠 있는 것이나 마찬가지네요.”

대진이 크게 웃었다.

“하하하! 맞는 말이야. 쿠웨이트의 영역은 강원도와 면적이 비슷하지. 그런 쿠웨이트에 이 정도로 막대한 양의 원유가 매장되어 있을 거라고 누가 짐작이나 했겠어?”

“맞습니다. 혹시 영국이나 오스만이 탐욕을 부리지는 않을까요?”

대진이 고개를 저었다.

“그럴 수는 없어. 오스만제국은 바스라의 유전 개발을 우리와 계약되어 있잖아. 영국은 자신들이 설립한 회사를 통해 이란 지역 유전 개발을 시작해야 할 거야. 그리고 부르간유전의 실제 매장량을 공표하지 않을 거야.”

"양국의 견제를 받지 않기 위해서라도 그러는 것이 좋겠네요."

"그렇지. 비서실장은 관계기관과 협의해 최대한 빨리 생산 시설을 갖출 수 있도록 지원을 해 주도록 해."

"예, 알겠습니다."

부르간유전 발견은 세계 유수의 신문 1면을 장식하며 관심을 끌었다. 그러나 바스라 지역에 대형 유전이 발견되었다는 소식에 곧 묻히고 만다.

대한제국은 의도적으로 부르간유전의 매장량은 숨기고 바스라 지역의 매장량은 부풀렸다. 덕분에 세간의 시선이 바스라유전으로 몰리게 하는 데는 성공했다.

대한제국은 두 지역에 유전이 있다는 사실을 처음부터 알고 있었다. 그 때문에 사전에 원유생산에 필요한 시설과 구조물들을 준비해 놓고 있었다.

그래서 유전을 발견하자마자 준비한 구조물을 배로 이송해 설치했다. 세계는 유전 개발도 놀랐지만 이처럼 빠른 대한제국의 대처에 더 놀랐다.

대한석유와 석유공사는 이 시대와는 차원이 다른 관련 기술을 보유하고 있었다. 그래서 원유 채굴과 대형 저장탱크, 송유관과 항만 터미널 건설이 일사불란하게 진행되었다.

이에 영국이 가장 크게 자극받았다.

영국은 이미 앵글로-페르시아를 앞세워 본격적으로 이란의 유전 탐사를 시작했다. 그리고 얼마 지나지 않아 대형 유전을 발견하는 쾌거를 이뤄 냈다.

연이어 유전이 발련되면서 세상의 이목이 다시 중동으로 집중되었다. 정보를 입수한 미국의 스탠더드 오일도 진출을 위해 급히 인력을 파견했다.

그러나 스탠더드 오일이 이러한 조치는 별다른 성과를 거두지 못했다. 대한제국과 영국이 중동과 이란에 나름대로 확고한 뿌리를 내렸기 때문이다.

이렇게 중동이 뜨거워질 무렵.

청국 대륙도 서서히 달궈지고 있었다.

서태후와 이홍장이 사라진 청나라는 극심한 혼란에 휩싸여 있었다. 섭정인 순친왕은 권력욕은 대단했으니 능력은 거기에 따르지 못했다.

머리 나쁜 지도자가 일을 열심히 하면 최악의 상황이 된다. 순친왕이 그런 경우여서 청국은 그가 섭정한 이후 점점 더 나락으로 추락하고 있었다.

청나라는 수구파와 입헌파, 혁명파로 삼분되어 있었다. 그뿐이 아니라 반청복명의 민족 세력과 비밀결사 등이 횡행하면서 대륙은 그야말로 아수라장으로 변해 버렸다.

이렇게 어수선한 1911년 5월.

청나라가 최초로 입헌정치를 실시했다. 그러고는 경친왕을 초대 내각 총리대신으로 임명했다.

그런데 이 조치에 한족들이 분노했다.

입헌정치를 실시한 것까지는 좋았다.

문제는 12명의 대신 중 8명을 만주족, 그것도 황족으로 임명했다는 것이었다. 더구나 내각 총리대신에 탐욕스럽기만 한 황족이 임명되었다는 사실에 개혁 세력은 분노했다.

그로 인해 헌정이 실시되고도 혼란스러운 상황은 조금도 달라지지 않았다. 그런데 이때 내각 총리대신 경친왕이 최악의 선택을 하고 말았다.

그 선택은 다름 아닌 철도 국유화였다.

국유화의 선봉은 우전부대신 성선회다.

성선회는 한족으로, 이홍장의 측근 막료였다. 그는 윤전초상총국과 전보총국과 각종 자원 개발 사업에 진출하여 막대한 부를 창출하고 있었다.

그런 성선회가 대신이 된 것이다.

성선회가 철도에 주목한 것에는 이유가 있었다.

청국은 지난 10여 년 동안 수많은 민간과 서양 자본이 참여해 9,000여 킬로미터의 철도를 부설했다.

이 중 북경과 한구 노선은 1,212킬로미터로 1906년 개통 첫해에만 350만 냥의 수익을 올렸다. 그리고 북경천진노선과 강남철도도 막대한 수익이 난다는 사실을, 성선회는 잘 알고 있었다.

그는 대신에 취임하자마자 철도 국유화 조치를 단행했다. 그러나 이러한 전격적인 조치가 결정적 화근이 되었다.

청국의 민간 철도는 부호뿐 아니라 도시 빈민까지 투자한 민족자본이었다. 이러한 민간 자본을 국유화하면서 제대로 된 보상을 해 주지 않았다.

철도 국유화를 위해 발행한 공채도 언제 돌려받을지 모를 휴지나 다름없었다. 더 큰 문제는, 이런 공채도 투자금의 절반 정도만 지급하고 나머지는 언제 돌려준다는 기약도 하지 않았다는 것이다.

그야말로 권력으로 강탈한 것이었다.

문제는 또 있었다.

성선회는 국유화를 위해 서양 몇 나라에 차관을 받으려 했다. 그러기 위해 철도뿐이 아니라 각 지역의 주요 이권을 담보로 잡혔다.

이에 청국 민심은 분노했다. 국유화를 하려고 철도를 외세에 팔아먹은 꼴이 되었기 때문이다.

대규모 민중 시위가 발생했다.

처음 장사(長沙)에서 시작된 시위는 곧 전국적으로 번져 나갔다. 그러면서 학생들의 동맹휴학과 납세 거부로 이어졌다.

봉기는 시간이 지날수록 커졌다.

청국 민중은 철도를 지키기 위해 '보로운동회'를 결성했다. 보로운동은 곧 보로동지군의 결성으로 이어지며 봉기는 격화되었다.

그러던 9월에는 사천에서 10만 명이 참여한 봉기에 유혈

참극이 발생했다. 보로동지군은 여기에 분노해 성도(成都)를 점령하는 사태로 발전했다.

대한제국은 청국의 봉기 상황을 예의 주시하고 있었다. 그러다 9월의 참극이 발생하자 대진은 은밀히 원세개를 대련으로 불러 만났다.

원세개가 두 손을 모았다.

"오랜만에 뵙습니다, 각하."

"원 대인도 잘 지내시고 있지요?"

원세개가 고마워했다.

"총리님의 배려 덕분에 지난 1년여 동안 바쁘게 지내고 있습니다."

"산둥을 오가기도 했다면서요?"

"예, 좀이 쑤셔서 몇 차례 은밀히 다녀왔습니다. 하지만 철저하게 신분을 숨겨서 외부에 노출되지는 않았습니다."

"다행이군요. 그동안 병력 양성은 얼마나 진행되었습니까?"

"북양신군은 10만으로 단기서(段祺瑞) 등이 지휘하고 있지요. 산둥은 5만 병력으로 풍국장(馮國璋) 장군이 지휘하고 있습니다."

"짧은 시간에 산둥에도 많은 병력을 징병했네요."

"모두가 귀국의 도움 덕분입니다. 산둥의 군정장관께서 적극적으로 도와주셔서 나름대로 좋은 성과를 거두고 있습니다."

"3년을 기한으로 군정을 실시하는 중입니다. 그 일정에 따라 앞으로 2년여가 지나면 우리 군이 철수할 것이고요. 그런 산둥을 방어하기 위해서라도 원 대인의 병력이 필요하지요."

원세개가 다시 두 손을 모았다.

"그 부분에 대해서는 각하와 대한제국에 뭐라 감사드려야 할지 모르겠습니다."

대진이 고개를 저었다.

"다시 말하지만 우리 대한제국은 대륙 영토에 대한 욕심이 없습니다. 그래서 산둥을 3년간 관리하다가 돌려주려는 것이지요. 그 대신 막대한 전비 등을 고려해 일정 기간 이권을 보장받은 것이고요."

원세개가 적극 동조했다.

"그 정도는 당연히 해 드려야지요. 만일 귀국이 탈환하지 않았다만 산둥은 지금도 일본이 강점한 상태가 지속되었을 겁니다. 아울러 50만의 일본군이 호시탐탐 대륙 진출을 노리고 있었을 것이고요."

"그랬겠지요."

"그런 일본을 물리친 귀국이 이권을 차지하는 것은 너무도 당연한 이치입니다."

"고마운 말이네요."

"그런데 저와 일부러 보려고 하신 연유가 무엇입니까?"

"요즘 강남에서 벌어지는 사태를, 원 대인은 알고 있지요?"

원세개가 한숨을 내쉬었다.

"후우! 알다마다요. 우전부대신 성선회의 잘못된 판단 때문에 나라 전체가 엄청난 우환에 휩싸여 버렸습니다."

"수습이 쉽지 않다는 점도 알고 있겠지요?"

그렇게 말하며 원세개의 안색은 더 어두워졌다.

"아무래도 이 상태로는 쉽지 않을 거 같습니다."

"예, 우리가 파악하기에도 민중 봉기가 체계적으로 이뤄지고 있어서 걱정입니다."

이러던 대진이 눈을 빛냈다.

"이러한 혼란이 원 대인에게 기회가 된다는 사실도 알고 있겠지요?"

그러자 원세개가 주춤했다.

"혹시 본국 정부 내부에서 벌어지는 일 중에 제가 모르는 일이 있는 겁니까?"

대진이 고개를 저었다.

"그렇지는 않습니다. 그러나 강남과 사천 일대에서 일어난 민란을 다스리기 위해서는 군의 출동이 필요하다는 것 정도는 파악하고 있지요."

원세개의 목소리가 낮아졌다.

"그렇군요. 총리님께서는 정부가 북양군의 출동을 요청할 가능성이 높다고 보시는 거군요."

대진이 무겁게 고개를 끄덕이며 설명했다.

"이번에 발생한 민중 봉기는 청국 정부 정책의 결정적 실패 때문이지요. 우리가 파악한 바로는 우전부대신 성선회를 찢어 죽여야 한다는 구호까지 나왔다고 합니다. 더 큰 문제는 사천봉기를 진압하기 위해 호북(湖北)의 병력을 투입했다는 겁니다."

원세개가 아쉬워했다.

"어리석은 결정을 했습니다. 호북의 무창(武昌)은 절대 비워 둬선 안 되는 요지입니다. 제가 북양대신이었다면 어떠한 일이 있더라도 그런 결정을 못 하게 했을 겁니다."

대진이 감탄했다.

"대단하군요. 무창의 중요성을 원 대인은 잊지 않고 있었군요."

"무창, 한양, 한구를 포함하는 무한3진은 과거부터 전략요충지입니다. 이런 무창을 방어하는 병력을 사천으로 보냈다는 건 있을 수 없는 군사적 실책입니다. 그런데 대륙의 사정을 저보다 총리님께서 더 상세히 알고 계시다니 놀랍습니다."

대진이 적당히 대답했다.

"오비이락이지요. 한구의 영국조계에는 우리 정보 요원이 이전부터 몇 명이 나가 있지요. 그래서 천진에 있는 원 대인보다 정보를 조금 빨리 입수할 수 있었지요."

원세개도 대한제국이 많은 정보원을 대륙에 배치해 놓은

사실을 짐작하고 있었다. 그런 사실을 대진을 통해 직접 확인하니 입맛이 썼다.

그러나 지금은 그게 문제가 아니었다.

그가 침음했다.

"으음! 그나저나 큰일이군요. 반군도 무한3진의 중요성을 잘 알고 있을 터인데요."

"그렇지 않아도 현지의 요원이 불온한 움직임이 있다는 보고를 해 왔습니다. 그래서 원 대인을 급히 만나자고 한 것이지요."

원세개의 머릿속이 부지런히 돌아갔다.

"저에게 요구하실 일이 있습니까?"

대진이 그를 바라봤다.

"나는 원 대인이 이번 기회를 잘 살렸으면 합니다."

"기회를 잘 살리라고요?"

"그렇습니다. 만일 이번에 무한3진에서 봉기가 일어난다면 이전과는 비교할 수 없을 정도로 대규모가 될 것입니다. 그렇게 봉기한 반군은 청국의 통치를 부정하면서 새로운 정부를 구성하려고 시도할 겁니다."

원세개가 깜짝 놀랐다.

"새로운 정부라고요?"

"그래요. 우리 요원의 보고에 따르면 반군은 공화정인 중화민국을 선포한다고 합니다. 그렇게 되면 남부의 각성들이 여기에 적극 호응할 가능성이 높습니다."

"으음!"

"그러한 위기 상황이 되면 청국 정부가 선택할 방안은 오직 하나뿐입니다. 자신들과 껄끄럽다고 해도 북양군의 대부인 원 대인을 불러들이지 않을 수 없게 되지요."

원세개가 무겁게 고개를 끄덕였다.

"……."

"그 기회를 잘 활용하세요. 원 대인의 결정에 따라 청국이 존속할지, 아니면 공화정인 중화민국이 힘을 얻을지 판가름이 날 겁니다."

실로 엄청난 발언이었다.

원세개의 표정은 더없이 심각해졌다. 고심하는 그를 한동안 바라보던 대진이 마무리를 지었다.

"어떠한 판단을 하든, 우리 대한제국은 원 대인을 지지할 겁니다. 그러니 소신껏 힘을 떨쳐 보세요."

무조건 밀어준다는 의미였다.

원세개가 확인했다.

"정녕 저를 끝까지 지지해 주실 겁니까?"

"본국에 칼을 들이대지만 않으면요."

원세개가 펄쩍 뛰었다.

"그럴 일은 조금도 없을 터이니 안심하십시오. 지난번에도 말씀드렸지만 저 원가는 총리님을 평생의 은인으로 생각

하고 있습니다."

"그 마음만 변치 마세요. 그러면 나는 반드시 약속을 지킬 것입니다."

원세개가 두 손을 모았다.

"감사합니다. 다시 약속드리지만 귀국을 배신하는 일은 결단코 없을 겁니다."

원세개의 거듭된 약속에 대진은 만족했다. 이후 두 사람은 머리를 맞대고 향후 대책을 논의했다.

대진을 만난 다음 날 새벽.

원세개가 돌아올 때처럼 은밀히 배를 타고 천진으로 돌아갔다. 그런 원세개의 앞에는 군자금으로 사용될 묵직한 돈 보따리가 놓여 있었다.

천진으로 돌아간 원세개는 비밀리에 핵심 측근을 불러들였다. 대륙의 상황이 심상치 않게 돌아가고 있었기에 측근들이 대거 몰려들었다.

원세개가 모여든 10여 명의 측근들을 보며 흡족한 미소를 지었다. 그러던 그는 이내 정색을 하며 입을 열었다.

"여러분도 남쪽에서 발생한 상황을 들어서 알고 있을 거요."

조곤(曹錕)이 화를 냈다.

"모든 일이 우전부대신 성선회의 오판 때문입니다. 나라를 제대로 이끌어 나가지 못할 정도로 허약한 정부가 철도를 국유화할 생각을 했다는 자체가 문제입니다."

서세창이 나섰다.

"성선회가 파면되었으니 이제 대신도 아니외다."

원세개가 놀랐다.

"아니, 성 대인이 파면되었어?"

서세창은 원세개의 막료로 활동하다가 승진을 거듭해 대신이 되었다. 그는 헌정으로 신설된 청국 내각에 등용된 한족 4명 중 1명이 되었다.

"오늘 내각 총리대신인 경친왕이 그의 파면을 결정했습니다."

단기서가 분통을 터트렸다.

"한족대신이어서 희생양으로 삼은 것이로군요. 아무리 성 대인이 철도 국유화의 주역이라고 해도 내각 총리대신이 승인하지 않았다면 그런 일은 일어나지 않았을 거 아닙니까?"

서세창이 한숨을 쉬었다.

"후! 그게 다 우리 한족의 비애 아니겠소. 좋은 일은 만주족이, 나쁜 일은 우리 한족이 떠맡아 온 것이 어제 오늘의 일이 아니지요."

"아무리 그래도 파면은 과한 처분입니다."

풍국장도 동조했다.

"맞습니다. 해임을 해도 충분했습니다."

원세개가 손을 들었다.

"이제 와서 파면이든 해임이든 그게 무슨 의미가 있겠소.

남부에서 벌어지고 있는 반란을 이번 정부가 수습할 여력이 없는 것이 문제이지요."

단기서가 주먹을 움켜쥐었다.

"참으로 통탄할 일입니다. 우리가 나서면 단번에 쓸어버릴 수 있습니다. 그런데도 북경조정은 대인을 복귀시켜 주려 하지를 않습니다."

풍국장도 적극 동조했다.

"북양군의 본진도 필요 없습니다. 그동안 훈련받은 산둥의 병력만으로도 충분히 제압이 가능합니다."

서세창이 원세개를 바라봤다.

"대인, 어떻게 하실 생각입니까?"

원세개의 표정이 단호해졌다.

"어떠한 경우라도 있더라도 내가 먼저 나서는 일은 없습니다. 북경 정부가 정식으로 나를 제대로 임명해야 합니다. 그러지 않고 내가 먼저 나선다면 반란을 수습하고도 정쟁에 휘말릴 가능성이 높습니다."

단기서도 동조했다.

"맞는 말씀입니다. 대인께서는 그동안 억울하게 은퇴당했습니다. 그런 대인의 명예를 회복하기 위해서라도 병력 운용은 좀 더 신중해야 할 필요가 있습니다."

원세개도 동조했다.

"단 장군의 말이 맞소. 이런 난국에는 우리가 좀 더 신중

할 필요가 있소이다. 지금과 같은 혼란기에 나라를 바로 세울 수 있는 세력은 우리 북양군이 유일하다 할 것이오. 그래서 나는 이 기회를 적극 살려 보려고 하오."

서세창이 대번에 우려했다.

"나라의 부름에 응하지 않으려고 합니까?"

원세개가 고개를 저었다.

"그럴 수는 없지요. 그렇게 되면 가장 중요한 명분을 잃게 되지 않겠습니까?"

"그러면 어떻게 대처하시려는 겁니까?"

원세개가 모두를 둘러봤다.

"우리 북양군은 청일전쟁 이후 조정에 이런저런 이유로 배척을 받아 왔습니다. 그로 인해 이홍장 대인도 화병으로 돌아가셨고요. 그런 사정을 누구보다 잘 알고 있는 나는 또다시 조정에 좌지우지되지 않을 것이오."

원세개가 손짓을 했다. 대기하고 있던 그의 보좌관이 몇 개의 가방을 탁자에 올려놓았다.

서세창이 궁금해했다.

"이게 무엇입니까?"

"군자금입니다. 열어 보시지요."

서세창이 가방을 여니 원화가 가득 들어 있었다.

"이건 한국의 원화가 아닙니까?"

"그렇습니다."

원세개가 말을 적당히 꾸몄다.

"얼마 전 한국의 총리대신 밀사가 나를 찾아왔습니다. 그런 밀사는 나에 대한 전폭적인 지지와 함께 군자금을 놓고 갔지요. 여기 있는 원화는 그 군자금의 일부요. 그러니 각자 한 가방씩 가져가서 부하들을 위무하는 데 사용하세요."

측근들이 일제히 고개를 숙였다.

"감사합니다."

서세창이 주저했다.

"혹시 한국이 삿된 의도로 대인께 자금을 지원하는 것은 아닌지요?"

원세개가 고개를 저었다.

"그렇지 않습니다. 한국은 대륙을 안정시키는 주역으로 나를 전폭적으로 지원하고 있습니다. 그래서 지난번에도 일본군으로부터 노획한 무기를 우리에게 무상으로 공여하였고요."

풍국장이 적극 나섰다.

"맞는 말씀입니다. 한국이 다른 생각을 품었다면 산둥을 돌려줄 리가 만무합니다. 수십만 정의 소총과 수많은 군수물자도 마찬가지고요."

입이 무거운 왕사진(王士珍)이 나섰다. 왕사진은 풍국장 단기서와 함께 북양삼걸로 지칭되는 원세개의 최측근이었다.

"지금의 우리 북양군은 단기필마나 마찬가지입니다. 그런 우리에게 한국의 지지는 엄청난 도움이 됩니다. 비록 전쟁을 치르면서 만주를 내주기는 했지만 한국은 그 이후에 철저하게 중립적 입장을 견지해 왔습니다. 믿어도 되는 나라입니다."

원세개가 적극 동조했다.

"왕 장군의 말이 맞다. 한국이 우리와 전쟁을 치렀지만 그 이후에는 다른 어느 나라보다 공정하게 우리를 상대해 왔다. 의화단의 난에서도 그랬고 이번 한일전쟁에서 산둥 처리 문제도 그렇다. 더구나 한국은 우리와의 전쟁에서 장강 근처까지 장악했음에도 종전과 함께 만리장성 북부로 병력을 물린 적도 있었다."

이 말에 모두가 고개를 끄덕였다. 원세개가 측근들을 둘러보며 목소리를 높였다.

"그런 한국을 믿지 않으면 누구를 믿는단 말인가?"

서세창이 가세했다.

"맞습니다. 서양은 절대 가까이 할 수 없는 나라입니다. 일본은 아예 폐망지경이 되었으니 더 말할 나위도 없고요. 그런 상황을 고려했을 때 한국만큼 믿을 수 있는 나라는 없지요."

이어서 여러 지휘관들이 적극적으로 동조하고 나섰다. 처음에는 부정적이던 지휘관들도 시간이 지나면서 하나둘 긍정적으로 바뀌었다.

북양군의 지휘관 중에는 의외로 친일파가 많다. 산둥을 장악했던 일본이 은밀하게 비자금을 대 주면서 포섭해 왔기 때

문이다.

그런 친일파는 일본이 몰락하면서 곤란한 지경에 처해 있었다. 더구나 자신들의 친일 행각이 들키면 그것으로 끝장이어서 눈치만 살폈다.

그러다 대한제국이 노획한 군사 무기를 지원해 주자 안면을 바꿨다. 친일파 지휘관들은 이번 기회에 친한파로 완전히 변신해 버렸다.

이들은 원세개의 말을 듣고는 적극적으로 대한제국을 옹호하고 나섰다. 덕분에 회의 분위기는 원세개가 원하는 방향으로 흘러갔다.

원세개가 두 손을 모았다.

"여러분이 이렇게 나를 지지해 주어서 너무도 고맙소이다."

원세개가 다짐했다.

"나는 이번 기회를 최대한 활용할 것이오. 그래서 북경 조정에서 또다시 나를 핍박하는 일이 없도록 만들 것이오."

단기서가 적극 나섰다.

"대인! 그것만으로는 부족합니다. 대인께서는 이번 기회에 대륙 최고의 권좌에 올라야 합니다. 그래야 우리 북양군도 제대로 된 활약을 펼칠 수 있습니다."

원세개가 선포했다.

"당연한 말이다. 여러분은 지금까지 나와 생사고락을 함께해 왔다. 그런 여러분을 위해서라도 나는 반드시 대륙의 권력을 장악할 것이다. 그래서 나도 그렇지만 여러분 모두 죽을 때까지 부귀영화를 누리도록 해 주겠다."

누군가가 소리쳤다.

"대인만 믿겠습니다!"

그의 측근 모두 소리쳤다.

"대인만 믿겠습니다."

측근들의 충성 맹세를 받은 원세개의 눈은 그 어느 때보다 빛났다.

3장

대륙의 혼란은 점점 더 극심해졌다.

청일전쟁과 러일전쟁에서 승리한 일본을 숭상하는 대륙의 지식인들이 많아졌다. 그래서 손문(孫文)을 비롯한 많은 혁명가들이 일본에 망명하거나 힘을 빌리려 했다.

반면에 이들은 급격히 발전하는 대한제국을 애써 무시해 왔다. 그러면서 경제력으로 대륙을 압도하고 있는 대한제국에 적의까지 보여 왔다.

이러한 행태는 조선이 청국을 종주국으로 모셨던 이력 때문이다. 대륙의 지식인들에게 대한제국은 종주국을 배신한 나라로 여겨진 것이 문제였다.

그러다 한일전쟁으로 일본이 패망지경에까지 이른 사실을

목도했다. 대륙의 지식인들에게 일본의 패전은 엄청난 충격이었다.

더구나 식민지였던 산둥에 대한 대한제국의 관대한 처분에 큰 혼란에 빠졌다.

많은 대륙의 지식인들이 자책했다.

이때부터 대한제국처럼 부국강병을 이룩하자는 열풍이 불었다. 대한제국의 선진기술과 학문을 비우고 익히려는 사람들도 폭발적으로 늘어났다.

그런데 대륙의 실상은 달랐다.

청국은 지식인들의 바람과는 거꾸로 가는 정책을 펼친 것이다. 그런 잘못된 정책 중 하나가 철도 국유화 조치였다.

대륙의 지식인들은 분노했다.

이들에게 철도 국유화는 민족자본을 말살하려는 정책에 불과했다. 더불어 차관을 제공받기 위해 철도를 담보로 제공했다는 사실에 경악했다.

그래서 더 크게 봉기했고 그렇게 시작된 봉기는 걷잡을 수 없이 번졌다. 그러다 무창이 빈 것을 알게 된 혁명파는 10월 10일 대규모로 봉기한다.

이 봉기에 무창에 주둔해 있던 정부군이 속속 가세하게 된다. 이 사실을 알게 된 호북성의 총독이 도주하면서 혁명군은 당일 무창을 점령하고 중화민국의 성립을 선언했다.

이 소식은 곧바로 대진에 알려졌다.

마침 외무대신이 현안을 토의하기 위해 총리 관저로 들어와 있었다. 대진이 비서실장의 보고서를 외무대신에게 건넸다.

"예상대로 중화민국이 선포되었군요."

외무대신이 동조했다.

"우리가 도래했어도 역사의 큰 흐름은 바뀌지 않는군요."

"그러게 말입니다."

"그런데 한일전쟁과 절묘하게 맞아떨어지면서 봉기가 폭발적으로 확산할 거 같습니다."

대진이 질문했다.

"손문이 현지에 없지요?"

"혁명자금을 모으기 위해 미국에 있는 것으로 압니다."

"의외네요. 이같이 중요한 시기에 대륙을 떠나 있다니요."

"손문은 몇 번이나 봉기했지만 자금 부족으로 연이어 실패했습니다. 지난 4월에도 청국 광주에서 봉기를 준비하다 실패하였고요. 그렇게 연이은 봉기 실패가 거사 자금 부족으로 판단해서 미국으로 건너간 것으로 압니다."

"어쨌든 혁명의 중심에서는 멀어져 있는 상황이네요."

"그렇습니다."

대진이 평가했다.

"손문도 어쩔 수 없는 한족인가 봅니다. 그는 일본이나 미국에는 열렬한 구애를 하고 있습니다. 그럼에도 우리 대한제국에는 조금도 손을 벌리지 않으니 말입니다."

외무대신도 적극 동조했다.

"자존심만 강한 한족이지요. 그가 진정으로 대륙을 위한다면 자존심 정도는 당연히 버릴 줄도 알아야지요. 만일 그가 진심으로 지원을 요청했다면 총리님께서 받아들였을 거 아닙니까?"

대진이 주저 없이 동조했다.

"당연히 그랬겠지요. 앞으로의 중국을 원세개와 손문이 이끌어 갈 수 있도록 도와주었겠지요."

"그것이 대륙을 더 혼란스럽게 하였을 것이고요."

대진이 부인하지 않았다.

"하하하! 맞습니다. 손문과 원세개가 강하게 맞서야 우리에게는 더 좋지요. 그러나 지금은 역사처럼 원세개가 청국의 총리가 되는 일이 우선입니다."

대륙 정세는 급박하게 돌아갔다.

10월 27일.

원세개가 반란 진압의 전권을 부여받은 흠차대신으로 임명되었다. 순친왕에 의해 강제로 은퇴당했던 원세개의 화려한 부활이었다.

그러나 그는 움직이지 않았다.

이에 청국 정부는 다급해졌고, 숙의 끝에 내각 총리대신이었던 경친왕이 사임한다. 그러고는 원세개를 내각 총리대신에 임명했다.

이로써 원세개는 흠차대신에서 한발 더 나가 청국 정부를 한 손에 움켜쥐게 되었다.

그러나 그는 총리대신에 취임하고도 바로 움직이지 않았다. 절치부심해 온 원세개가 바란 것은 고작 총리대신이 아니었다. 그의 흉심에는 거대한 야망이 부글부글 끓고 있었던 것이다.

그런데 바로 이때, 영국이 움직였다.

영국은 장강의 이권을 갖고 있었다.

그런데 장강 일대가 혁명에 휘말리면서 이권에 흠집이 나게 생긴 것이다. 그런 영국은 혁명군과 북경 정부를 상대로 적극적인 중재에 나섰다.

영국은 먼저 반정 세력을 모았다.

그 결과, 12월 2일.

한구에 있는 영국영사관에서 반정에 동조한 14개 성의 대표가 모여 결의했다. 원세개가 청조를 무너뜨리고 반정을 한다면 그를 대총통에 선출하기로 결의한 것이다.

그런 사흘 후인 12월 5일.

14개성 대표들은 청조를 타도하고 공화정을 수립할 것을 결의했다. 그러고는 남경에 중화민국 임시정부를 설립했다.

소식은 곧바로 북경으로 전해졌다.

당연히 청조는 발칵 뒤집혀졌다.

그러나 병권을 쥔 원세개는 움직이지 않았다. 그 대신 직례와 산둥 그리고 하남과 호북 등에 특사를 보내 혁명군을 몰아내기만 했다.

이러한 조치에도 오합지졸인 혁명군은 긴장하지 않을 수 없었다. 원세개가 병력을 파견하지도 않았는데 몇 개의 성이 대번에 넘어갔기 때문이다.

이러던 12월 25일.

손문이 상해로 귀환했다.

손문의 귀환 소식에 엄청난 인파가 몰렸다. 이들의 열렬한 환호를 받으며 귀환한 손문은 12월 29일 대총통에 선출되었다.

손문은 1912년을 중화민국 원년으로 선포했다. 아울러 태음력을 폐기하고 태양력 사용을 결의한다.

이는 중대한 의미를 지닌다.

대륙에서 역법은 천자만의 고유권한이다.

그런데 중화민국이 태양력 사용을 전격적으로 결의한 것이다. 이러한 조치는 중화민국이 청조를 공개적으로 부정한다는 의미였던 것이다.

손문은 1912년 1월 1일 취임했다.

그러나 이는 정치적 의미에 지나지 않았다. 북경 정부의 원세개가 마음만 먹으면 중화민국 임시정부를 쓸어버리는 것은 여반장이었다.

더구나 원세개가 총리대신이 되면서 대륙은 급속히 안정

을 찾아가고 있었다. 아울러 혁명 세력의 발호가 극심하던 지역도 안정을 찾고 있었다.

이러한 시기.

북경의 한국공사관으로 원세개가 자신의 최측근을 보냈다. 연락을 받은 청국공사 정선용이 급히 총리대신 관저를 찾았다.

정선용은 마군 병사 출신이다.

대학에서 정치외교를 전공한 그는 대학까지 마치고 남들보다 늦게 군에 입대했다. 그런 그는 조선에 온 후 전역하고는 전공을 살려 전문 외교관의 길을 걸어왔다.

원세개가 정선용을 환대했다.

"어서 오시오, 공사님."

정선용이 고개를 숙였다.

"총리님, 오랜만에 뵙습니다. 그동안 잘 지내셨습니까?"

원세개가 고개를 내저었다.

"솔직히 잘 지내지 못하고 있습니다."

"중화민국 때문에 걱정이 많으신가 보군요."

"그렇습니다."

정선용의 목소리가 은근해졌다.

"제가 알기로 중화민국이 총리대신께 획기적인 제안을 한 것으로 아는데요."

원세개가 눈썹을 꿈틀했다.

"저들이 한 제안을 알고 계십니까?"

정원용이 크게 웃었다.

"하하하! 모르는 것이 오히려 이상하지요. 중화민국 대총통에 취임한 손문이 공식적으로 총리께 한 제안인데 어떻게 모를 수가 있겠습니까?"

원세개가 헛웃음을 지었다.

"허! 공식적으로 한 것은 아니었습니다. 내가 보낸 특사와 비밀 협상하는 과정에서 나온 발언입니다."

"그렇다는 말은 들었습니다. 그러나 편제도 제대로 갖추지 못한 저들이 어떻게 비밀을 지킬 수 있겠습니까? 손문의 제안은 우리뿐이 아니라 서양 대부분의 나라가 알고 있을 겁니다."

원세개가 혀를 찼다.

"쯧! 하긴, 오합지졸에게 비밀을 지키기를 바라는 것은 어불성설이지요."

"맞습니다."

"어쨌든 손문이 제게 대총통의 지위를 양보했습니다."

"저들의 제안을 받아들이신 겁니까?"

원세개가 고개를 저었다.

"아직은 아닙니다."

정선용이 적극 나섰다.

"무엇을 망설이십니까? 자칭 혁명군의 최고 권력자인 손

문이 대총통의 지위를 양보한다는데, 당연히 받아들이셔야 지요."

"그러기에는 전제 조건이 너무 부담되네요."

정선용이 의아해했다.

"아니, 무엇이 문제입니까? 새로운 정부를 만들어 최고의 권력자가 되시는 겁니다. 당연히 어느 정도의 어려움은 감수해야 하지 않겠습니까?"

"그렇기는 하지요. 그러나 청조를 무너트리는 반정을 해야 하는 것이 문제입니다."

정선용은 대번에 문제를 간파했다.

'이런, 대총통은 되고 싶은데 악역은 맡고 싶지 않다는 거로구나.'

정선용의 대답이 주저 없이 나왔다.

"그러면 청조의 통치는 막을 내리게 하는 대신, 황통은 이어 가게 하면 되지 않습니까?"

원세개가 어리둥절해했다.

"그게 무슨 말씀입니까? 나라가 문을 닫으면 황제는 당연히 퇴위를 해야지요. 그런데 어떻게 황통을 이어 가게 만든다는 말씀입니까?"

정선용이 설명했다.

"청국이 끝까지 버티면 총리대신이 악역을 맡아야 합니다. 자칫 잘못하다가는 내전이 일어날 수도 있고요."

"그래서 고민입니다."

"그러니 이렇게 하세요. 통치권을 이양하는 조건으로 청나라 황실을 보존해 주는 겁니다."

정선용이 자신이 알고 있던 '청나라 소조정'에 대해 설명했다. 그 설명을 들은 원세개가 자신의 허벅지를 손바닥으로 치며 감탄했다.

"이야! 참으로 기발하고 절묘한 방법입니다. 청나라 황제를 외국 군주의 예로 대하자니요. 거기다 존호도 유지해 준다면 청나라를 지지하는 세력을 안돈시킬 수가 있겠군요."

"그렇습니다. 총리께서도 고심하신 부분이 바로 그 점일 겁니다."

"그렇습니다. 북경과 직례는 물론이고 대륙 각지에는 아직도 황실을 지지하는 세력이 많습니다. 대부분이 기득권 세력인 그들이 들고일어나면 대륙은 완전히 내분에 휩싸일 수밖에 없습니다. 아울러 내가 갖고 있는 명분도 사라지게 될 것이고요. 그래서 고민을 하고 있었는데, 공사님의 조언을 들으니 눈앞이 환해졌습니다."

정선용이 두 손을 모았다.

"감사한 말씀입니다. 거듭 말씀드리지만 우리 제국은 원 총리대신을 적극 지지한다는 사실을 잊지 말아 주시기 바랍니다."

원세개도 두 손을 모았다.

"걱정 마십시오. 제가 대륙의 최고 권력자가 되더라도 귀국과 귀국 총리님의 은혜는 절대 잊지 않을 것입니다."

두 사람이 서로를 보고 환하게 웃었다.

정선용의 조언을 들은 원세개는 본격적으로 나섰다. 그는 대놓고 청나라 황실을 겁박하며 공화정의 수용을 요구했다.

당연히 청나라 황족들은 이를 받아들이지 않았다. 이에 원세개의 측근들이 대거 무력시위에 나섰다.

그런데 반전이 일어났다.

만주족 출신 양필(良弼)과 청년 장교들이 대거 공화정을 반대하고 나섰다. 이들은 개혁은 찬성하지만 황실만큼은 유지해야 한다고 주장했다.

이 주장은 북경 민심까지 들썩일 정도로 지지를 받았다. 이에 불안을 느낀 원세개는 측근을 보내 양필을 살해해 버렸다.

이것이 결정적이었다.

양필의 지지를 악용한 황족 일부가 원세개의 총리 자리를 박탈하려 시도했다. 그러나 양필이 살해당하면서 이런 시도는 순식간에 사라져 버렸다.

상황을 평정한 원세개는 나이 어린 황제를 대신해 황태후와 협상했다. 황태후는 고심하다 황실 우대 조건을 받아들이면서 퇴위 조서를 반포한다.

이렇게 청조는 종말을 고하였다.

퇴위 조서를 반포하며 청국은 문을 닫았다. 그러나 우대 조건에 따라 자금성의 내조와 이화원을 비롯한 별궁은 여전히 청국 황실이 소유했다.

바로 이날.

원세개의 북양군이 자금성을 장악하였다. 소식을 들은 손문은 다음 날 대총통에서 물러났으며 3월 10일 원세개가 중화민국 2대 임시 대총통에 정식으로 취임하게 된다.

드디어 원세개의 세상이 시작되었다.

이때부터 그는 철저하게 독제 권력을 휘두른다. 그러고는 중화민국을 만든 혁명파를 불순분자로 몰아 대대적으로 체포에 나섰다.

손문도 가만있지 않았다.

그는 흐트러진 혁명 세력을 정비해 국민당을 창당한다. 그리고 원세개의 북양 정부에 맞서기 위한 채비를 시작하였다.

이를 원세개는 그냥 두고 보지 않았다.

그는 대한제국과 서구 열강의 지지를 바탕으로 모략과 암살까지 자행했다. 그리고 혁명파와 크고 작은 전쟁까지 벌여 손문 등을 해외로 쫓아냈다.

그렇게 정적을 몰아낸 원세개는 1913년 10월 10일 정식으로 초대 대총통에 취임한다.

이때부터 그의 독행은 더 심해졌다.

정식 대총통에 취임한 그는 가장 먼저 국민당을 해산했다. 이어서 1914년 1월 중화민국 국회까지 해산하면서 독제체제를 구축하였다.

이런 원세개의 독제에도 대륙 민심은 크게 이반되지 않았다. 그렇게 된 가장 큰 원인은 1913년 12월 31일을 기준으로 산둥이 반환되었기 때문이다.

대륙은 그동안 서양 세력에 의해 수많은 영토와 이권을 넘겨주어 왔다. 그러다 이때 처음으로 넘겨주었던 영토를 돌려받게 된 것이다.

산둥은 이전부터 원세개의 영향력이 강한 지역이었다. 그런 산둥이 수복되면서 원세개의 통치는 이전보다 훨씬 더 탄력을 받게 되었다.

대한제국은 이러한 일련의 과정에 일체 개입하지 않았다. 그 대신 국가 경제 발전에 전력을 기울였으며 군사력 증강에도 열성을 다했다.

1911년 개발을 시작한 쿠웨이트와 바스라 유전은 1년여 만에 상업 생산을 성공했다. 이렇게 빨리 상업 생산을 할 수 있었던 까닭은 사전준비를 철저히 작업해 놓은 덕분이다.

두 유전의 상업 생산으로 많은 부분이 바뀌었다.

가장 먼저 오스만이 바뀌었다.

지금까지 오스만은 원유를 바쿠와 루마니아에서 수입해야 했다. 서양 각국은 오스만을 늘 경계하는 바람에 원유도 제대로 수입하지 못했다.

그러다 바스라유전이 상업 생산을 시작하면서 이런 문제가 단번에 해결되었다. 아울러 영국 등에 지고 있던 막대한 채권의 상환도 원활해졌다.

서양 세력에 핍박을 받고 있던 오스만에 있어 바스라유전은 숨구멍이나 다름없었다. 그래서 바스라유전의 상업 운전과 함께 오스만은 이전과는 비교할 수 없을 정도로 운신의 폭이 넓어졌다.

쿠웨이트는 더 극적으로 바뀌었다.

쿠웨이트는 대상인 이브라힘이 반역한 이후 경제가 크게 위축되었다. 그럴 수밖에 없는 것이 이브라힘이 바스라에 자리를 잡으면서 그가 취급하던 무역을 대거 이전해 갔기 때문이다.

그럼에도 쿠웨이트토후가 버틸 수 있었던 것은 대진이 배려해 준 중개무역 덕분이었다. 이런 상황에서 막대한 원유가 매장된 부르간유전이 상업 생산을 시작한 것이다.

상업 생산과 함께 대한제국은 약속대로 쿠웨이트토후에게 막대한 금액을 선지급해 주었다. 이런 사실을 알게 된 인근의 상인들이 대거 몰리면서 쿠웨이트는 면모를 일신해 나갔다.

1914년 3월.

대진이 회의를 주재했다.

"부르간유전의 일일 생산량이 얼마나 되지요?"

유전공사 사장이 보고했다.

"30만 배럴입니다. 바스라유전은 10만 배럴이고요."

대진이 지적했다.

"생산량을 조절한다고 하더니 생산량이 오히려 늘었네요."

"부르간유전의 특성상 30만 배럴이 최소입니다. 앞으로 몇 년간은 이 정도의 생산량을 유지할 수밖에 없습니다. 그러지 않으면 태워서 버려야 하고요."

다른 사람이 거들었다.

"매장량이 너무 많은 것도 문제네요."

이 말에 모두 한바탕 웃음을 터트렸다.

석유공사 사장이 설명을 이었다.

"우리는 지난 30년 넘게 울릉유전에 의지해 공업 발전을 해 왔습니다. 이러한 방식은 아주 위험해서 그동안 우리 석유공사는 늘 조마조마한 심정으로 지내왔습니다. 자칫 울릉유전에 문제가 발생하면 국가 경제가 마비될 수밖에 없으니까요. 그래서 저는 울릉유전의 생산량을 줄이고 그 대신 부르간과 바스라 유전의 물량으로 대처했으면 합니다."

대진이 적극 동조했다.

"좋은 생각입니다. 저도 늘 울릉유전 때문에 걱정이 많았는데 두 유전에서 생산된 물량을 적극 활용한다면 보다 안정적으로 국가 발전을 추진할 수 있을 거 같네요."

대진이 상무대신을 바라봤다.

"영국이 추진하고 있던 페르시아유전 개발은 어떻게 진행되고 있습니까?"

"페르시아의 내부 사정으로 별다른 진척이 없는 상황입니다."

국방대신이 부언했다.

"페르시아는 새로운 황제의 옹립 문제로 극심한 내전이 벌어지고 있는 상황입니다. 그 바람에 대외 교역조차 거의 끊긴 상황이고요. 더구나 폐위된 전대 황제가 러시아의 도움을 받아 복위를 획책하고 있어서 혼란이 극심합니다."

"당분간 유전 개발은 없다고 봐야겠군요."

"그렇습니다."

대진이 모두를 둘러봤다.

"오늘 여러분을 모신 까닭은 앞으로 발생할 전쟁에 대한 대비책을 마련하기 위해서입니다."

모든 사람이 긴장했다.

참석자들은 전부가 마군 출신들이었다. 그래서 대진이 말한 전쟁이 제1차 세계대전을 의미한다는 사실을 알고 있었다.

누군가가 의문을 제기했다.

"이전 역사대로 사라예보에서 총성이 울릴까요?"

대진이 대답했다.

"우리가 도래해서 바뀐 역사가 많기는 합니다. 그러나 지금까지의 경험으로 봤을 때 큰 줄거리는 그대로 이어지고 있습니다. 장담할 수는 없겠지만 제1차 세계대전의 방아쇠 역할을 할 사건이어서 일어날 거라고 예상합니다."

대부분의 참석자들이 동조했다.

국방대신이 질문했다.

"세계대전이 일어난다면 우리 제국은 어느 쪽 손을 들어주어야 합니까?"

대진이 딱 잘랐다.

"우리는 무조건 중립을 선언할 겁니다."

4장

국방대신이 놀랐다.

"연합군의 편을 들어 주지 않고요?"

"본국은 독일 · 오스만과 긴밀한 관계를 유지하고 있습니다. 아울러 영국 · 미국과도 그에 상응하는 관계를 유지하고 있고요. 이런 우리가 누구 편을 든다는 것은 있을 수 없는 일입니다. 더 큰 문제는 우리가 한쪽의 편을 들면 반대쪽은 무조건 패전하게 되지 않겠습니까?"

"그야 당연히 그렇게 되겠지요."

"국익을 위해 불확실한 상황이 전개되는 것은 좋지 않습니다. 우리는 세계대전이 발발하면 무조건 중립을 선언하고서 경제적 이익을 추구하는 것이 최선입니다."

상무대신이 나섰다.

"독일과 프랑스에 있는 자동차 공장은 어떻게 합니까? 전쟁이 발발하면 가장 먼저 자동차 공장을 징발하게 될 터인데요."

대진이 고개를 저었다.

"안타깝지만 지금으로선 대책을 마련하기 어렵습니다. 그리고 자동차 공장의 원주인이 우리라는 사실을 프랑스와 독일이 알고 있기 때문에 강제 징발을 하지는 않을 것입니다."

"하긴, 프랑스나 독일, 어느 나라도 우리를 적국으로 만들고 싶지는 않겠지요."

상무대신이 동조했다.

"맞습니다. 전쟁이 벌어지면 차량의 수요가 폭증하게 됩니다. 그런데 엔진을 비롯한 주요 부품은 우리가 공급하고 있어서 양국도 쉽게 자동차 공장을 처리하지 못할 겁니다. 그러니 우리는 전쟁 수요에 따른 반사이익만 얻으면 됩니다."

국방대신이 우려했다.

"이전과 달리 자동차와 비행선, 그리고 전투기까지 보급된 상황입니다. 그런 신무기의 대량 보급으로 전쟁 양상이 이전과 다르게 전개되지 않을까 우려됩니다."

대진도 인정했다.

"나도 그 점이 걱정입니다. 방금도 말씀드렸지만 국익을 위해서는 돌발 상황이 발생하지 않는 것이 최선입니다. 그러니 모든 부서가 지금부터 자체 관리를 철저하게 해 주시기 바랍니다."

"명심하겠습니다."

중동의 두 유전의 원유가 도입하면서 울릉유전은 생산량이 조절되었다. 아울러 정유공장을 추가로 건설했으며 석유화학공장도 대규모로 조성해 세계시장을 확실히 제패해 나갔다.

대진의 지시로 특별 부서가 생겨났다.

이 부서에서 세계대전에 대한 준비와 국제 역학관계를 연구했다. 아울러 전쟁 이후 닥치게 될 경제공황에 관한 대비책도 수립했다.

이렇듯 대한제국은 철저하고 은밀하게 세계대전을 준비해 나갔다. 그러나 유럽의 여러 나라들은 국력을 집중해 거함 건조를 비롯한 군비경쟁에만 열을 올리고 있었다.

그러던 6월 28일.

탕!

사라예보에서 총성이 울렸다.

오스트리아-헝가리제국 후계자인 프란츠 페르디난트 대공이 세르비아의 민족주의자 청년에게 암살당한 것이다. 분노한 오스트리아-헝가리제국은 세르비아에 열 가지 요구사항을 포함한 최후통첩을 날렸다.

그런데 열 가지 요구 조건 중 세르비아왕국이 8개만 수락

했다. 그것을 받아들이지 않은 오스트리아헝가리제국은 7월 28일 세르비아를 침공하면서 전쟁이 시작되었다.

이때 러시아가 나섰다.

러시아는 같은 슬라브 계열인 세르비아를 오랫동안 지원해 왔다. 그런 러시아가 7월 29일 부분 동원령에 이어 다음 날 총동원령을 내렸다.

그러자 오스트리아-헝가리제국과 같은 게르만민족인 독일제국도 동원령을 발동했다. 그러고는 러시아에 12시간 이내 동원령을 해제하지 않으면 전쟁이 시작될 거라는 최후통첩을 보냈다.

여기에 러시아가 굴복했다.

러시아는 바로 협상을 하자는 응답을 보냈다. 그러나 세력 확장에 기회를 엿보고 있던 독일의 빌헬름2세는 이를 무시하고 8월 1일 러시아에 선전포고를 했다.

독일은 러시아를 제압하기에 앞서 대규모 병력으로 룩셈부르크로 침공한다. 이때부터 각국이 물고 물리는 선전포고를 하면서 유럽 전역이 전쟁의 소용돌이에 휘말리기 시작했다.

대한제국은 발 빠르게 움직였다.

대한제국은 전쟁이 발발하자 곧바로 절대 중립을 선포했다. 그러고는 자국 재산에 대한 보호조치를 독일과 프랑스에 요구했다.

이 요청에 양국이 곧바로 화답했다.

그러고는 예상대로 자동차 핵심 부품의 대량 구매를 요청해 왔다. 대한자동차는 양국의 요청에 응하였으며 전쟁과 함께 단절된 대륙종단철도가 아닌 선박으로 주요 부품을 선적해 해당 국가로 보냈다.

이때 놀라운 일이 발생했다.

세계대전이 발발하고 한 달이 지났을 때였다. 중화민국이 연합국을 지지하고 나선 것이다. 그런 중국은 영국 해군의 도움을 받아 대륙의 독일 식민지를 전격적으로 공격해서 탈환한 것이다.

이렇게 된 데에는 독일 동양함대사령관의 오판이 결정적 역할을 했다.

전쟁이 발발하고 영국이 참전하면서 독일은 해군력이 절대적으로 불리해졌다. 이에 위기를 느낀 대륙 주둔 동양함대 사령관이 주력 함정을 본국으로 보냈다.

동양함대사령관은 태평양을 가로지른 뒤 마젤란해협을 통과해 대서양을 건너 독일로 귀환하도록 조치한 것이다.

일견 이 조치는 합당했다.

그러나 지상 병력이 별로 없는 독일 식민지의 방어가 문제가 되었다. 이런 빈틈을 노린 중화민국 육군과 영국 해군의 합동 공격에 무력하게 무너졌다.

중화민국은 환호했다.

자국 군대가 최초로 서양 제국을 몰아내고 영토를 수복했기 때문이다. 이 전쟁의 승리로 원세개의 위상은 하늘 높은 줄 모르고 치솟았다.

이러한 시기.

영국특사가 은밀히 대진을 방문했다.

특사는 놀랍게도 윈스턴 처칠이었다.

대진이 그를 반갑게 맞았다.

“어서 오십시오. 대한제국 총리대신 이 대진이라고 합니다.”

“처음 뵙겠습니다. 대영제국 해군장관 윈스턴 처칠이라고 합니다.”

대진이 영국공사와도 인사를 나눴다.

자리에 앉은 대진이 생각을 밝혔다.

“생각지도 않은 방문이군요. 이런 시기에 영국에서 특사가 방문할 줄은 몰랐습니다. 그것도 해군장관께서 오시다니요. 오는데 힘드시지는 않았는지요.”

윈스턴 처칠이 설명했다.

“러시아의 상트페테르부르크에서 기차를 타고 대륙을 종단했습니다. 그 덕에 어렵지 않게 여행을 할 수 있었습니다.”

“그랬군요. 철도여행이 아무래도 선박보다야 편하지요. 여정도 대폭 단축되고요. 그런데 어인 일로 이렇게 멀리까지 오신 것입니까?”

윈스턴 처칠이 바로 대답했다.

“본국은 귀국이 우리 연합국의 일원이 되기를 바랍니다.

그리고 총리대신께 전하는 본국의 총리대신 친서를 가져왔습니다."

윈스턴 처칠이 가져온 서신을 건넸다. 대진이 서신을 개봉해 읽고서 탁자에 올려놓았다.

"우리 대한제국을 좋게 봐주셔서 감사합니다. 그러나 유감스럽게도 귀국의 요청을 받아들일 수가 없네요. 우리는 연합국과 동맹국 모두와 친선 관계를 유지하고 있어서 이번 전쟁에서만큼은 절대 중립을 지키려고 합니다."

영국은 제2차 한청전쟁 당시 일본을 압도했던 대한제국의 군사력에 놀랐다. 그래서 이번 기회에 대한제국을 연합국에 가담시키려 했는데 대진이 딱 잘라 거절한 것이다.

그러나 이미 중립을 선언한 대한제국이었다. 그런 대한제국이 별다른 이유 없이 연합국에 가담하지 않을 거라는 예상은 하고 있었다.

윈스턴 처칠이 고개를 끄덕였다.

"역시 그러시군요. 그렇다면 동맹군에도 가담하지 않는다는 총리님의 약속을 믿어도 되겠습니까? 혹시 중간에 입장이 변하는 것은 아니겠지요?"

대진이 분명히 밝혔다.

"믿어도 됩니다. 약속하건대 어떠한 경우라도 중립을 깨는 일은 없을 것입니다."

윈스턴 처칠이 흡족해했다.

"감사합니다. 귀국이 연합국의 일원이 되지 못해 아쉽지만 중립을 정확히 지켜 주기만 해도 우리 대영제국은 더 바랄 것이 없습니다. 그리고 확인할 일이 하나 있습니다."

"말씀하십시오."

"귀국이 프랑스와 독일에 자동차 부품을 판매하고 있다던데, 사실입니까?"

대진이 선선히 시인했다.

"그렇습니다. 중립을 지키더라도 민간 교역까지 막을 수는 없는 일이지요. 방금 전에도 말씀드렸지만 우리 대한제국은 연합국과 동맹국 모두와 선린 우호 관계를 유지하고 있습니다."

윈스턴 처칠이 아쉬워했다.

"동맹국인 독일과의 교역을 금지하지는 못한다는 말씀이군요."

"그렇습니다. 다시 말씀드리지만 본국은 민간 교역을 제재할 수는 없습니다. 그러나 전쟁에 직접적인 영향을 주는 군사 무기는, 이미 금수 품목으로 지정했으니 걱정하지 않으셔도 됩니다."

"그나마 다행이군요. 그러면 우리 영국과의 교역에도 문제는 없는 것이지요?"

"당연히 문제없지요."

"감사합니다. 그런 연장선상에서 요청이 하나 있습니다."

"말씀해 보십시오."

"본국은 몇 년 전부터 선박의 연료를 석탄에서 석유로 교체하고 있습니다. 그로 인해 선박의 원료인 석유의 소모량이 엄청납니다. 그래서 드리는 말씀인데, 우리 대영제국에 석유를 대량으로 공급해 주실 수 있는지요?"

대진이 고개를 갸웃했다.

"루마니아에 있는 본국의 정유공장에서 귀국에 석유를 공급하고 있는 것으로 압니다만."

윈스턴 처칠이 상황을 설명했다.

"그렇기는 합니다만 상황이 여의치 않게 흘러가고 있습니다."

"그래요?"

"우리 대영제국은 오스만에 중립을 파기하고 연합군의 손을 들어 줄 것을 부탁했습니다. 그 부탁을 오스만이 거절했습니다. 문제는 그런 오스만이 동맹국인 독일과 손잡을 가능성이 높다는 사실입니다. 만일 오스만이 독일과 손잡는다면 흑해가 봉쇄되어 루마니아와 바쿠유전에서 석유를 공급받지 못하게 됩니다."

"아! 바쿠유전의 송유관이 흑해로 넘어가지요?"

"그렇습니다."

대진이 의문을 제기했다.

"그런데 이상하군요."

"무엇이 말입니까?"

“오스만제국이 이번 전쟁에 구태여 참전할 이유가 있을까요? 우리가 파악한 바로는 오스만제국의 참전은 국익에 전혀 도움이 되지 않습니다. 그래서 독일의 강력한 요청에도 불구하고 중립을 지키고 있는 상황이고요. 그리고 오스만제국은 오래전부터 귀국과도 긴밀한 관계를 유지하고 있는 것으로 아는데요.”

윈스턴 처칠이 고개를 저었다.

“이전까지는 그랬습니다. 하지만 오스만이 독일의 핑계를 대면서 계속해서 우리의 요구를 들어주지 않고 있습니다. 그런 상황이 계속된다면 결국 오스만은 독일의 손을 들어 줄 것이 분명합니다.”

대진은 내심 의아했다.

‘이상하구나. 오스만은 독일과 가깝지만 영국은 두려워한다. 그렇기 때문에 어느 누구의 손도 들어 주지 않으려는 것으로 알고 있다. 그와 같은 오스만의 사정 정도는 해군장관인 윈스턴 처칠도 알고 있을 터인데, 왜 저렇게 오스만에 대한 부정적인 시선을 갖고 있은 것일까?’

의문이 떠오르자 대진은 윈스턴 처칠이 있는 것도 잊은 채 고심했다. 그렇게 얼마가 지나자, 돌연 대진의 머릿속이 번뜩했다.

‘혹시 영국이 흑해가 막히는 것을 핑계로 우리와 유전을 합작 개발하려고 하는 것이 아닐까?’

이런 생각이 들자 말을 슬쩍 돌렸다.

"석유는 귀국과 특별한 관계인 미국에서 수입해도 되지 않습니까?"

윈스턴 처칠이 인상을 찌푸렸다.

"독일이 전쟁 시작과 동시에 대서양 일대에 그들이 보유한 잠수함을 대거 풀어놓았습니다. 그로 인해 우리 영국으로 오는 화물선이 막대한 피해를 보고 있는 상황입니다."

대진이 독일 유보트를 떠올렸다.

"벌써 독일의 유보트가 대서양에서 활개를 치고 있는 겁니까?"

윈스턴 처칠이 깜짝 놀랐다.

"아니, 독일 잠수함의 명칭이 유보트라는 사실을 총리께서 어떻게 아신 겁니까?"

대진이 정확히 설명했다.

"본국은 공업 부문에서 독일과 긴밀한 관계를 유지해 오고 있었습니다. 그래서 독일이 이전부터 잠수함 건조에 전력을 기울이고 있는 사실도 알고 있었습니다."

윈스턴 처칠이 크게 아쉬워했다.

"그런 정보를 입수하셨다면 우리에게 귀띔이라도 해 주시지 않고요."

대진이 오히려 반문했다.

"의외네요. 독일의 잠수함 개발은 오래전부터 진행되고 있었습니다. 그래서 귀국도 당연히 알고 있을 것으로 예상했는데, 아니었나 보군요."

윈스턴 처칠의 안색이 굳어졌다.

"……안타깝지만 본국은 얼마 전에 독일이 잠수함에 대한 정보를 정확히 입수할 수 있었습니다. 그 바람에 그에 대한 대비책을 제대로 세워 두지 못하고 있습니다."

"그렇군요. 독일의 잠수함 기술은 초보 단계를 막 벗어난 정도입니다. 그러나 그 정도만 해도 대비책이 없다면 엄청난 위협이 될 것입니다."

윈스턴 처칠의 눈이 커졌다.

"총리께서 독일 잠수함의 기술력에 대해서도 잘 아시는군요. 그러면 귀국도 잠수함을 보유하고 있다는 말씀입니까?"

대진이 딱 잘라 거절했다.

"군사기밀에 관한 사항이어서 이 자리에서 뭐라고 말씀드리기 어렵습니다. 다시 말씀드리지만 본국은 이번 전쟁 동안 어느 국가와도 군사 교류를 하지 않을 것입니다."

윈스턴 처칠은 실망했다.

그는 대진을 잘 설득해 잠수함 관련 기술을 도입할 생각을 하였다. 그러나 대진의 냉정한 태도를 보고는 이내 고개를 저었다.

"아쉽군요. 솔직히 본국은 독일의 잠수함에 대해 아주 큰 우려를 하고 있습니다."

윈스턴 처칠이 대화의 내용을 군사 부문으로 유도하려 했

다. 그것을 눈치챈 대진이 말을 돌렸다.

“석유 수입이라면 윈스턴 처칠 장관께서 직접 오지 않아도 될 일이었습니다. 그럼에도 해군장관께서 이곳까지 오셨다는 것은 따로 하실 말씀이 있어서겠지요?”

윈스턴 처칠이 움찔했다. 그가 어쩔 수 없다는 표정을 지으며 어깨를 으쓱했다.

“역시 소문대로군요. 유럽의 외교가에서 한국의 총리가 대단한 분이라는 말이 많습니다. 그런데 직접 만나고 보니 소문이 사실이었네요. 예, 맞습니다. 제가 귀국을 방문한 진짜 목적은 유전 개발에 귀국의 도움을 받기 위해서입니다.”

대진의 예상대로였다.

‘영국이 미국을 제치고 유전 개발 합작을 제안했다는 것은 그만큼 우리의 기술력을 인정한다는 의미다. 더구나 장차 발생할 석유 패권을 위해서라도 영국과의 합작은 더없이 중요하다.’

대진이 주저 없이 대답했다.

“서로의 이해관계만 맞는다면 당연히 도와드려야지요. 그런데 귀국도 유전 개발에 대한 기술력을 보유하고 있지 않습니까?”

윈스턴 처칠이 솔직히 대답했다.

“아쉽게도 아직 우리 대영제국은 제대로 된 유전을 개발해 본 적이 없습니다. 그래서 그 부분만큼은 기술력이 많이 떨어집니다. 더구나 지금 같은 전시에 부실한 기술력을 믿고 유전을 개발할 수는 없어서 귀국에 도움을 요청하려는 겁니다."

대진이 내심 놀랐다.

'놀랍구나. 윈스턴 처칠은 자존심이 누구보다 강한 것으로 알려져 있다. 그런 사람이 처음 보는 내게 주저 없이 머리를 숙일 줄은 몰랐다.'

"좋습니다. 방금도 말씀드렸지만 조건만 맞는다면 합작은 언제라도 가능합니다."

윈스턴 처칠의 표정이 환해졌다.

"감사합니다. 그런데 본국의 사정이 많이 급합니다. 그래서 드리는 말씀인데, 귀국이 보유한 쿠웨이트와 바스라 유전처럼 단기간에 유전 개발이 가능하겠습니까?"

대진이 헛웃음을 지었다.

"허허! 어떻게 유전을 단기간에 개발할 수 있겠습니까? 두 유전은 지표 유전입니다. 더구나 처음부터 탐사와 준비를 철저하게 했던 터라 개발 기간이 짧았던 것입니다."

"제가 의뢰하려는 유전도 앵글로페르시아회사가 이미 기초 조사를 해 놓은 지역입니다. 그 조사에 따르면 원유가 지표와 가깝게 매장되어 있다고 합니다."

"어느 지역의 유전을 말씀하는 겁니까?"

"페르시아에 있는 유전입니다."

대진이 바로 이해했다.

"그렇군요. 중동 지역의 유전이어서 미국이 아닌 우리의 도움을 받으려는 거로군요."

"시간이 충분하다면 우리가 직접 개발하는 것이 맞겠지요. 그러나 지금 같은 전시 상황에서는 시간이 전쟁의 승패를 좌우합니다. 그래서 염치 불고하고 도움을 요청하는 겁니다."

대진이 핵심을 짚었다.

"미국 회사와 합작하면 나중에라도 문제가 될 것을 우려하고 있다는 말씀이군요."

윈스턴 처칠이 인정했다.

"솔직히 그렇기도 합니다. 본국의 유전 개발은 이제 시작인데 미국은 이미 수십 년이나 되었습니다. 거기다 록펠러의 스탠더드 오일은 막강한 자금력까지 보유하고 있고요. 그런 미국과 합작하게 되면 우리가 끌려갈 수밖에 없습니다. 반면에 귀국은 지금까지 외국과의 합작을 공정하게 진행해 온 것으로 압니다."

대진이 크게 고개를 끄덕였다.

"무슨 말씀인지 충분히 이해가 되었습니다. 이번에 개발할 유전이 기왕이면 바다와 가까운 지역이 좋은데, 유전의 위치가 어디입니까?"

윈스턴 처칠이 중동 지도를 꺼냈다.

"바로 이곳, 바스라와 접해 있는 후제스탄 지역의 아바단입니다."

지도를 본 대진이 즉각 동조했다.

“그 지역이라면 우리 경험을 그대로 적용할 수 있겠군요. 바다도 가까워서 수송도 용이할 것이고요.”

“그래서 구국의 도움을 받기 위해 제가 직접 찾아온 것입니다.”

대진이 질문했다.

“그런데 페르시아는 요즘 황제의 자리를 놓고 극심한 내분에 휩싸인 것으로 아는데요. 그런 상황에서 개발이 가능하겠습니까?”

윈스턴 처칠이 장담했다.

“그 점은 조금도 걱정하지 않아도 됩니다. 아시겠지만 우리 대영제국은 오래전부터 페르시아에 진출해 있었습니다. 그래서 내분 세력 모두와 좋은 관계를 맺고 있기 때문에 유전을 개발하는 데 문제가 없습니다.”

그 말을 들은 대진은 즉석에서 결정했다.

“좋습니다. 그러면 우리와 함께 개발해 봅시다.”

윈스턴 처칠이 환하게 웃었다.

“감사합니다. 그리고 유전이 개발되기 전이라도 귀국이 보유한 원유를 먼저 공급받을 수는 없겠습니까? 정산은 아바단의 유전이 개발되고 나서 물량으로 지급하겠습니다.”

대진의 고개가 끄덕여졌다.

“처칠 해군장관께서 본국을 찾아온 본래 목적이 이것이었

군요.”

윈스턴 처칠의 얼굴이 붉어졌다. 그는 미안한 표정과 함께 사정을 설명했다.

“이번 전쟁은 쉽게 끝나기 어렵다는 것이 본국의 예상입니다. 그런 전쟁을 승리하기 위해서는 전비를 최대한 절약해야 하고요. 그래서 염치 불고하고 귀국에 이런 부탁을 드리는 겁니다.”

“귀국의 입장은 충분히 이해합니다. 그런데 상황을 보면 우리가 유전을 개발해서 우리 스스로의 몫을 찾아가야 하는 형국이네요. 귀국은 단지 장소만 제공해 주고요.”

윈스턴 처칠이 펄쩍 뛰었다.

“전혀 그렇지 않습니다! 초기에 필요한, 유전 개발에 들어가는 자금은 우리가 전부 지불하겠습니다. 귀국은 개발 인력과 필요한 기자재만 공급해 주면 됩니다.”

대진이 크게 고개를 끄덕였다.

“그렇다면 되었습니다.”

이때부터 본격 논의가 시작되었다.

협상할 사안이 많이 필요한 사업이어서 협의는 사흘이 걸렸다. 협의 과정에서 서로의 이익을 위해 밀고 당기는 신경전도 있었으나 결국은 양국이 조금씩 양보하며 원만히 끝났다.

계약이 체결되고 윈스턴 처칠이 인사했다.

“감사합니다. 귀국의 배려 덕분에 본국은 석유 문제만큼은 잊어버릴 수 있게 되었습니다."

대진이 주의를 주었다.

"그래도 조심하십시오. 독일의 잠수함이 대서양에서만 활동한다는 보장이 없습니다. 만일 쿠웨이트에서 석유가 공급되는 사실을 독일이 알게 된다면 지중해도 위험해집니다."

"귀국이 페르시아만은 막아 주시겠지요?"

대진이 두말하지 않았다.

"물론입니다. 독일이 우리와 전쟁을 치를 생각이 없는 한 우리 바다를 넘보지는 않을 겁니다."

대진이 페르시아만을 '우리 바다'라고 칭했다. 그럼에도 윈스턴 처칠은 거기에 대해 어떠한 이의도 제기하지 않았다.

그가 대답했다.

"그러면 되었습니다. 나머지는 우리 대영제국이 알아서 하겠습니다."

알아서 하겠다는데 구태여 그 이상의 도움을 줄 필요는 없었다. 대진이 윈스턴 처칠의 말을 듣고는 슬쩍 영국을 띄워 주었다.

"세계 최고의 해군력을 보유한 귀국이 지중해를 장학하지 못할 리는 없겠지요."

"하하하! 맞습니다."

두 사람이 굳게 악수를 했다.

윈스턴 처칠을 현관까지 배웅한 대진이 집무실로 돌아와

소파에 앉았다. 대기하고 있던 비서실장이 들어와 인사했다.

"며칠 동안 고생이 많으셨습니다."

"고생은 무슨, 그보다 윈스턴 처칠이 끝까지 자신의 잘못을 시인하지 않네."

비서실장이 어리둥절했다.

"무슨 잘못 말씀입니까?"

"오스만은 영국 조선소에 초대형 전함 2척을 주문했어. 그런 전함을 처칠이 말도 안 되는 이유로 압류했잖아."

"아! 맞습니다."

"오스만은 영국과 척질 생각이 전혀 없는 나라였어. 그럼에도 윈스턴 처칠은 오스만을 가상의 적국으로 규정하고는 그들이 발주한 초대형 전함 2척을 압류해 버렸어. 그 일로 양국 관계는 극도로 틀어졌고, 그런 틈을 노려 독일이 전함 2척을 제공하면서 문제가 심각해졌잖아."

비서실장이 동조했다.

"맞습니다. 그런데 독일이 오스만에 제공한 전함을 독일 해군이 운용하고 있다고 들었습니다. 더 큰 문제는 그 전함이 함포를 이스탄불에 겨누고 있는 바람에 오스만이 독일과 등을 돌릴 수도 없는 상황이라고 합니다."

대진이 혀를 찼다.

"쯧! 그렇게 오스만으로선 답답한 상황이 되어 버렸어. 이제는 이스탄불을 겨누고 있는 함포 때문에 독일에 등을 돌릴 수도 없어졌어. 그 바람에 영국과는 어떠한 협상을 할 수도 없게 되었지. 그 모든 것이 윈스턴 처칠의 오판 때문에 일어난 거야. 그럼에도 윈스턴 처칠이 오스만이 자신들의 손을 잡지 않는다고 압박 공세를 펼치니 오스만으로선 기가 찰 노릇이지."

"그러게 말입니다. 여기까지 와서 우리에게 연합국에 합류하라는 윈스턴 처칠입니다. 그런데 오스만제국에 대해서 만큼은 부정적으로만 행동하는 윈스턴 처칠이 이상하기는 합니다."

대진이 확언했다.

"그의 이상한 잣대로 인해 오스만은 결국 독일과 손잡을 수밖에 없을 거야."

대진의 말을 들은 비서실장은 문득 뭔가 걸리는 것이 있는지 잠시 입을 다물었다. 그리고 조심스레 추정했다.

"총리님, 혹시 영국이 전후 중동 지역의 패권을 노리고 오스만을 자극하는 것은 아닐까요?"

대진이 깜짝 놀랐다.

"아! 맞다! 그럴 수도 있겠구나. 오스만이 동맹국에 합류했다가 패전하면 중동 지역은 연합국이 장악하게 될 터이니 영국이 그것을 노릴 가능성이 높겠어."

"아마도 우리가 쿠웨이트와 바스라 유전을 개발한 것이 영국의 탐욕을 키운 것 같습니다. 영국이 메소포타미아 지역을

차지하게 되면 자연스럽게 바스라유전에 대한 오스만의 지분도 영국으로 넘어가지 않겠습니까?"

"흐음!"

'그렇다. 과거에도 제1차 대전이 끝난 후 영국은 중동의 패권을 장악했다. 더구나 지금은 쿠웨이트와 바스라를 시작으로 유전이 막 개발되고 있는 상황이니 영국이 중동 지역에 더 눈독을 들일 수가 있겠어.'

대진이 지시했다.

"내일 오전 국가안보 회의를 소집하도록 해."

"예, 알겠습니다."

다음 날.

회의실로 몇 명의 인사들이 모였다. 그 자리에서 대진은 윈스턴 처칠과의 협의 사항과 자신의 생각을 밝혔다.

"……그래서 여러분의 고견을 듣고자 합니다."

외무대신 김홍집이 나섰다. 김홍집은 전임인 한상태의 적극적인 천거로 외상이 되었다.

그의 설명은 거침이 없었다.

"중동은 600여 년 동안 오스만이 지배해 온 지역입니다. 오스만의 황제는 이슬람의 교황이라고 할 수 있는 칼리파를 역임하고 있고요. 그런 중동을 오스만이 패전해 영국이 장악한다고 해서 원주민들이 쉽게 머리를 숙이지는 않을 겁니다.

그리고 우리도 개입할 필요도 없다고 생각됩니다."

국방대신 서영식도 동조했다.

"맞습니다. 중동은 동서양을 잇는 지리적으로 요충지는 분명합니다. 그러나 우리 영토를 제외하면 국익에 큰 도움이 되지 않습니다. 더구나 우리가 침략군으로 비치게 되면 두고두고 문제가 될 수가 있습니다."

대진이 적극 동조했다.

"우리가 가장 우려하는 상황이지요."

"그렇습니다. 그래서 저는 영국이 무슨 공작을 펼치더라도 외면하는 것이 좋다고 생각됩니다. 그리고 이번에 중동도의 국경 전역에 철책을 설치해 다른 지역과 철저히 분리했으면 합니다."

대진이 놀랐다.

"수백 킬로미터가 넘는 국경에 철책을 설치하자고요?"

"그렇습니다."

재무대신이 바로 문제를 제기했다.

"중동도의 국경지대에 철책을 설치하려면 많은 예산이 투입되어야 합니다. 더구나 주요 이동로를 제외하면 황무지거나 사막입니다. 그런 지역에 어떻게 철책을 설치한단 말씀입니까?"

"그래도 하는 것이 좋습니다. 사막지대는 국경선을 앞당기거나 뒤로 밀어서라도 설치하면 되고요."

대진이 의문을 제기했다.

"구태여 사막까지 철책을 설치할 필요가 있을까요?"

서영식이 즉각 대답했다.

"당연히 있습니다. 철책을 설치한다는 것은 두 가지 의미가 있습니다. 하나는 우리가 외부로 영향력을 확대하지 않겠다는 표시입니다. 그리고 다른 하나는 외부 유입도 이제부터 철저하게 규제하겠다는 의미가 되고요."

"으음!"

"본국은 지금까지 중동도의 인구 유입에 별다른 제재를 하지 않았습니다. 그래도 될 만큼 인구 유입이 별로 없었고요."

대진도 인정했다.

"그랬지요. 변경의 베두인과 리야드를 왕래하는 상인을 제외하면 별문제는 없었지요."

"하지만 오스만의 변화에 따라 상황이 어떻게 변할지 모릅니다. 지금처럼 중동도가 발전하면 외부 유입 인구가 급격히 늘어날 가능성이 높고요. 그러니 우리의 의지를 대내외에 천명하는 의지를 알리기 위해서라도 철책 설치를 적극 검토해 봐야 할 것입니다. 인구 유입은 전쟁이 끝난 후 다시 권장해도 늦지 않습니다."

김홍집도 동조했다.

"저도 국방대신님의 의견에 동의합니다. 그리고 향후 영국과의 관계를 고려해서라도 필요한 조치라고 생각합니다."

누군가가 손을 들었다.

"기왕에 할 거라면 본국의 보호령인 쿠웨이트까지 철책을 쳐 주도록 합시다. 그러면 쿠웨이트도 심정적으로 우리를 더 의지하지 않겠습니까? 아울러 오스만과도 분명한 선이 그어질 것이고요."

대진이 고개를 끄덕였다. 예산이 많이 들어가지만 좋은 의견이었다.

잠시 고심하던 대진이 한발 더 나갔다.

"페르시아만의 안전을 위해 중동함대를 좀 더 보강하는 것이 좋겠습니다."

국방대신 서영식이 적극 동조했다.

"좋은 말씀입니다. 중동함대의 보강은 영국과의 협의 사항이기도 합니다. 국경 철책은 본국이 지금의 국경을 유지하겠다는 의지의 표현이기도 해서 중동도의 원주민들에게서도 호응을 얻어 낼 수 있을 것입니다."

대진이 정리했다.

"우리는 중동에서 우리의 영토 수호와 쿠웨이트 보호에 전력할 것입니다. 그러니 국경지대와 쿠웨이트에 철책을 설치해 영토 확장에 뜻이 없음을 행동으로 보여 주도록 합시다."

"알겠습니다."

대진이 말을 돌렸다.

"일본 내부의 동향은 어떻습니까?"

내무대신 홍영식이 대답했다.

"지금까지 조금의 문제도 없는 상황입니다. 군정 시작부터 지속해서 불온 세력을 철저하게 색출해 온 것이 제대로 빛을 발하고 있는 상황입니다."

"좋은 현상이군요. 경제 진출도 잘 진행되고 있지요?"

상무대신이 대답했다.

"물론입니다. 시부사와 에이이치의 제일은행을 비롯한 다수의 일본 대표 기업이 본국의 영향력 아래에 놓여 있습니다. 본국의 화폐유통도 활발해서 일본의 엔화보다도 신용도가 높은 상황이고요."

"그래도 긴장의 끈을 놓으면 안 됩니다. 본국의 태평양함대가 요코스카에 주둔하고 있어서 이전처럼 군사도발을 하지는 않을 겁니다. 그러나 일본의 저력이 우리를 맞상대할 정도였음을 잊지 말아야 할 것입니다."

"명심하겠습니다."

내무대신 홍영식이 질문했다.

"총리님, 내년이면 일본에 군정을 종식해야 하는데 정권을 일본에 그대로 넘겨주실 겁니까?"

"내상께서는 군정을 연장하고 싶으신가 봅니다."

홍영식이 바람을 숨기지 않았다.

"솔직히 한 10년 정도 더 연장했으면 좋겠습니다. 모두 아시겠지만 군정 실시 이후로 일본의 상황이 너무도 평온합니다. 그렇다는 것은 일본인들이 우리의 통치를 받아들이고 있다는 의미 아니겠습니까? 그래서 저는 군정을 좀 더 연장하는 방향을 연구해 봤으면 좋겠습니다.”

국방대신 서영식도 은근히 동조했다.

“우리 군에서도 군정 연장을 바라는 의견이 많습니다.”

모두의 시선이 대진에게 쏠렸다.

대진은 회의 참석자들의 시선이 무엇을 의미하는지 잘 알았다. 그런 모두의 바람을 알고 있으면서도 대진은 고개를 저었다.

“아쉽지만 5년이 적당합니다. 일본인들이 우리의 군정 통치를 받아들이고 있는 까닭은 정해진 시한이 있었기 때문입니다. 만일 우리가 군정을 연장하게 되면 그때부터는 무수한 반발에 시달릴 수도 있습니다. 그리고 영국을 비롯한 외국이 우리의 군정 연장을 반대하고 나설 것이 분명합니다.”

많은 참석자들이 아쉬워했다.

대진이 그들을 보며 다독였다.

“일본을 식민지로 삼을 생각이 아니라면 적당한 때에 물러나는 것이 좋습니다. 그래야 장차 일본 내부에서 활약할 친한 인사들에 힘을 실어 줄 수 있습니다. 우리는 처음 계획대로 일본을 경제적으로 예속시키는 것에 목표를 두도록 합시다.”

이 말에 모두가 동조했다.

대진이 김홍집을 바라봤다.

"외상, 중국의 망명가들이 대거 고베 일대로 몰려들고 있다고요?"

김홍집이 대답했다.

"그렇습니다. 손문이 원세개의 압박을 피해 망명지를 고베로 정했습니다. 그 이후부터 중국의 혁명파가 대거 고베로 몰려들고 있습니다."

"숫자가 어느 정도나 됩니까?"

"지금까지 드러난 숫자만 해도 수백 명입니다."

"허! 놀랍군요. 그렇게 많은 사람이 망명했음에도 누구도 우리에게 손을 벌리지 않다니요."

김홍집이 상황을 분석했다.

"손문의 영향 때문으로 보입니다. 손문은 어려서 하와이로 건너가 교육을 받았고, 홍콩에서 젊은 시절을 보냈습니다. 그러다 몇 번의 봉기가 실패한 이후 신해혁명 전에는 자금을 모으기 위해 하와이와 샌프란시스코를 오갔고요."

"철저한 친미 성향이라는 말이군요."

"그렇습니다. 손문은 신해혁명 이후 임시 대총통에 취임하였음에도 한 번도 본국과의 접촉을 시도하지 않습니다. 그러다 원세개가 정권을 잡으면서 고베를 망명하게 되었고요."

대진이 짐작했다.

"손문을 비롯한 혁명파가 우리와 원세개가 가깝다는 사실을 알고 있어서 그런 건 아닐까요?"

국방대신 서영식이 동조했다.

"그럴 가능성이 높습니다. 혁명파는 의도적으로 우리를 멀리하려 하니 말입니다. 그렇게 된 데에는 우리가 북양군의 군사력 증강과 원세개의 복권에 도움을 준 사실을 알고 있기 때문입니다."

"하긴, 우리가 원세개가 권토중래할 수 있도록 도움을 준 것이 공공연한 비밀이니 혁명파가 좋아할 리는 없겠지요. 그나저나 원세개의 독주 체제가 너무 심하지요?"

서영식이 고개를 저었다.

"상상 이상입니다. 애초부터 무력도 없는 혁명파가 이상에 의지해 너무 나댄 것이 문제였습니다. 그들의 봉기로 청나라를 무너트린 것은 사실이지만 뒤처리가 너무 부실했습니다. 그 때문에 청나라의 지방행정조직을 원세개가 별다른 노력도 기울이지 않고 장악해 버렸고요. 그렇게 지방을 북경정부가 통제하게 되면서 혁명파는 난당으로 몰리며 반란 세력으로 전락해 버렸습니다."

대진이 씁쓸해했다.

"원세개의 탐욕이 너무 강하네요. 자금성에서 황제처럼 대총통에 취임할 때부터 알아봤습니다."

김홍집이 다시 나섰다.

"문제는 의회가 강제로 해산되면서 견제 세력이 없다는 겁니다. 더구나 선거법도 수정되어 총통무한 연임제가 되었으

니 누가 원세개의 독주를 막아 낼 수 있겠습니까?"

서영식이 부언했다.

"문제는 또 있습니다. 원세개가 절대권력을 행사하게 되면서 그를 추종하는 세력이 급격히 늘어나게 된 점입니다. 그리고 중국 정계의 일부에서는 군주제의 부활을 추진하려는 움직임도 있고요."

대진의 표정이 굳어졌다.

"청나라 부활을 바라는 복벽파로군요."

서영식이 대답했다.

"그렇습니다. 선통제의 복위를 진심으로 추진하는 복벽파가 있는 것은 사실입니다. 그런데 원세개를 추종하는 세력들이 그것을 교묘하게 악용하고 있는 것이 문제입니다."

대진이 대번에 상황을 파악했다.

"복벽파의 움직임을 이용해 원세개의 황제 즉위를 추진하고 있다는 말입니까?"

"그렇습니다."

대진이 고개를 저었다.

"독제 권력만 휘둘러도 지금의 중국에서 그를 상대할 세력이 없어요. 그럼에도 탐욕을 부려 황제까지 되려 하다니 아쉽네요. 지금처럼 원세개가 중국을 장악하고 있으면 우리의 국익에 훨씬 좋을 터인데."

국방대신 서영식이 의문을 제기했다.

"총리님, 우리 국익을 위해서라면 대륙이 분열되는 것이 더 좋지 않습니까?"

"나중에는 그렇게 되어야겠지요. 그러나 적어도 10여 년 정도는 원세개가 권력을 유지하는 것이 우리에게 좋아요. 그래서 도움을 줄 때도 신신당부를 했고 그도 동의했는데 권력을 장악하니 마음이 바뀌었나 보네요."

"지금이라도 총리님께서 사람을 보내 보시지요."

대진이 고개를 저었다.

"이제는 늦었습니다. 탐욕에 잡아먹힌 자는 아귀보다 더한 괴물이 됩니다. 그런 괴물을 상대하느니 차라리 혁명파를 도와주는 것이 오히려 좋을 거 같네요."

"그러면 고베에 있는 손문을 불러 볼까요?"

"흐음!"

잠깐 고심하던 대진이 고개를 저었다.

"아니요, 그대로 둡시다. 지금 상황에서 우리가 나서면 좋지 않아요. 그 대신 그의 움직임을 철저하게 파악할 수 있게 사람을 붙이도록 하세요. 그리고 혁명파 몇 사람 정도는 포섭하고요."

"즉각 조치하겠습니다."

대진이 상무대신을 바라봤다.

상무대신 국광현은 마군 사병 출신이다.

그는 다른 마군과 달리 전역 후 대한무역에 입사해 오랫동

안 현장을 누벼 왔다. 그러다 대진이 총리가 되면서 상무대신으로 입각했다.

"상해와 홍콩의 분위기는 요즘 어때요?"

국광현이 설명했다.

"대륙이 시끄러워지면서 홍콩과 상해로 엄청난 인파가 몰려들고 있습니다. 홍콩은 영국 정부가 인원을 적절히 통제하고 있지만 상해는 그야말로 사람이 발에 차일 정도입니다."

"돈과 사람이 함께 몰린다는 말이군요."

"그렇습니다."

외무대신 김홍집이 부언했다.

"대륙의 부호들이 한국관의 이주를 위해 대거 투자하고 있습니다. 아울러 극동은행으로 막대한 자금이 유입되고 있기도 하고요."

"우리의 투자 유치 정책이 주효하고 있다는 말이군요."

"그렇습니다. 한국관의 규모가 이전보다 몇 배나 늘어난 사실에 큰 관심을 갖고 있습니다."

대한제국은 원세개의 북경 정부와 협의해 상해한국관의 주변 부지를 대거 매입했다. 그로 인해 한국관의 규모가 이전보다 몇 배나 늘어나 있었다.

대한제국은 이런 상해한국관의 개발을 위해 투자를 적극 유치했다. 그 일환으로 일정 금액 이상을 투자하면 정착 권리까지 부여해 주고 있었다.

대진이 당부했다.

"앞으로 대륙의 혼란은 더 심해질 겁니다. 그렇게 되면 대륙의 부호들은 더욱더 상해를 주시하게 될 것이고요. 상해한국관은 그런 부호들의 자본을 대거 유치해야 합니다. 그러기 위해서는 우리 한국관과 서양 조계는 위상 자체가 근본적으로 다르다는 점을 널리 알려야 하고요."

내상 홍영식이 나섰다.

"그 부분은 걱정하지 않아도 됩니다. 우리 한국관은 각국조계와 달리 정당하게 돈을 주고 매입했습니다. 그러면서 특별구역으로 인정되어 조계와 같은 치외법권을 인정받는 우리 영토입니다. 이러한 사실을 모르는 중국인은 없을 것입니다."

외상 김홍집이 거들었다.

"그런 사실을 알고 있기 때문에 대륙의 부호들이 대거 몰려들고 있는 것입니다."

"그렇군요. 대륙이 앞으로 수십 년은 어수선해질 겁니다. 그러다 어떤 형태로든 안정되겠지요. 그런 대륙의 정치 변화와 관계없이 상해한국관은 어떠한 경우라도 영속될 것이라는 사실을 널리 알리도록 하세요."

김홍집이 놀랐다.

"영속이라고 하셨습니까?"

대진이 분명히 밝혔다.

"그렇습니다. 대륙에 어느 정권이 들어오든 우리가 정당

하게 매입한 상해한국관은 반드시 지켜 낼 생각입니다."

"알겠습니다."

서영식이 제안했다.

"총리님, 기왕이면 부지를 대거 매입해서 한국관의 영역을 대폭 확장하는 것이 좋지 않겠습니까?"

"원세개를 이용하자는 말씀이군요."

"그렇습니다. 원세개가 독제하고는 있지만 어쨌든 대륙 유일의 합법 정부 아닙니까?"

"나도 그 점을 생각해 봤습니다만 너무 많은 부지를 갖고 있으면 중국인들의 반감을 살 수 있을 겁니다. 그래서 당분간은 지금 상태를 유지하면서 추이를 지켜보는 것이 좋겠다고 판단했습니다."

"원세개의 몰락 이후를 생각하시는 거로군요."

"그래요. 그리고 이번에 확장된 부지도 상당합니다. 그러니 더 이상의 확장은 다음의 상황을 보고 생각해 봅시다."

"알겠습니다."

대진이 국방대신에게 당부했다.

"유럽에서 벌어지고 있는 전쟁이 이곳까지 불통이 튈 수도 있습니다. 그러니 국방부는 국토 방어에 특별히 신경을 쓰도록 하세요."

"명심하겠습니다."

대진의 예상대로 원세개의 권력욕은 점점 끝을 향해 치달았다. 이러한 원세개의 욕망을 부추긴 것은 그의 맏아들 원극정(袁克定)이었다.

원극정은 원세개가 정권을 잡은 이후 독일을 방문했다. 이 방문에서 빌헬름2세가 황제가 되어야만 진정한 통치를 할 수 있다는 발언을 듣고는 군주제를 신봉하게 된다.

이후 중국으로 돌아온 원극정은 원세개의 측근들을 대거 포섭했다. 그렇게 포섭된 측근들은 차례로 나서서 원세개가 제위에 오를 것을 청원했다.

원세개도 절대권력을 장악한 이후 군주제의 부활을 심각하게 고민하고 있었다. 그런 상황에서 측근들의 꾸준한 청원은 그의 권력욕을 점점 더 끓어오르게 했다.

원세개의 측근은 둘로 나뉘었다.

단기서를 비롯한 북양군의 장수들은 원세개의 등극을 반대했다. 이들은 원세개의 뒤를 자신들이 이어 나갈 생각을 품고 있었다.

그런데 원세개가 황제가 되면 그런 희망이 사라질 수밖에 없었다. 그래서 아버지의 배경만 믿고 설치는 원극정의 행태를 노골적으로 배척했다.

반면 군사력을 보유하지 않은 측근들은 원세개의 황제 즉위를 염원했다. 그래야 자신들이 권력을 영유할 수 있기 때문이다.

그래서 온갖 모략을 꾸며 가면서 원세개의 황제 등극을 추진했다. 이런 측근들과 아들인 원극정과 원세개의 욕망이 일을 저지르고 말았다.

대진은 북경 보고서를 보고 혀를 찼다.

"쯧! 끝내 원세개가 황제에 등극하는구나."

비서실장이 보고했다.

"오는 12월 12일, 원세개의 등극식이 열린다고 합니다. 국명은 중화제국이고 연호는 홍헌이며 지금 사용하는 중남해의 총통부를 신화궁으로 개칭해서 사용한다고 합니다."

"병권을 쥐고 있는 측근들이 그렇게 반대를 했는데도 원세개가 권력의 탐욕을 이기지 못했네."

"그러게 말입니다."

대진이 지시했다.

"우려했던 일이 현실이 되었다. 지금부터 대륙은 혼란에 휩싸이게 될 거야. 그러니 비서실장은 관련 부서에 연락해 지금부터 각별한 주의를 기울이도록 조치하게."

"예, 알겠습니다."

대진의 예상대로였다.

원세개가 황제로 즉위하고 열흘도 되지 않아 운남에서 거병했다. 이 병력은 처음 수천에 불과했으나 시간이 지나면서 급격히 세를 불렸다.

당황한 원세개가 급히 병력을 내려보내 저지하려 했으나 그대로 격파당했다. 이것을 본 몇 개의 성이 독립을 선포하면서 대륙은 본격적인 혼란의 소용돌이에 휘말리게 되었다.

호국전쟁의 시작이었다.

원세개가 재차 대규모 병력을 파견했다. 이렇게 파견된 병력 중 일부는 혁명군을 격파했으나 일부는 혁명군에 가담하면서 대륙의 혼란은 더욱 극심해졌다.

이뿐이 아니었다.

처음부터 원세개의 황제 즉위를 반대했던 장군들이 잇따라 제재를 취소하라는 청원을 한다. 가뜩이나 북양군이 흔들리는 상황에서 이런 청원이 날아들자 원세개는 더 이상 제재를 유지할 가망이 없다고 판단했다.

그는 자신의 최측근인 서세창, 단기서, 여원홍 등을 불러 군주제 철회의 뜻을 밝혔다.

세 사람은 처음부터 제재에 반대했다.

그랬기에 이들은 원세개의 발언에 무조건 찬성을 표시했다. 그러나 일부 측근들은 반대를 했으나 원세개가 지방의 장군들이 보내온 청원을 보여 주자 전부가 고개를 숙였다.

1916년 3월 22일.

원세개가 성명을 발표했다.

"작년 12월 12일 승인한 군주제를 철회하고 연호를 폐지

하며 중화민국 5년으로 돌아간다. 군주제를 철회한 이상 지방에서 소란을 일으키는 자는 여하를 불문하고 좌시하지 않겠다."

원세개의 발표로 중화제국이 문을 닫았다. 제국이 선포되고 불과 103일 만에 이뤄진 일이었다.

그러나 혼란은 끝나지 않았다.

대륙의 민심은 원세개가 다시 총통이 되려는 사실에 크게 반발했다. 그러면서 반원 감정이 격렬하게 불타오르기 시작했다.

몇 개의 성이 독립을 선포했다.

아울러 각계의 명사들이 원세개의 하야를 요구하는 성명을 발표했다. 혁명군도 원세개가 대총통 자격을 상실했다면서 부총통인 여원홍이 대총통을 승계하라고 요구했다.

그러나 원세개가 권력을 내려놓지 않으려 하면서 격렬한 권력투쟁이 벌어졌다. 이런 와중에 손문이 일본에서 귀국하게 되면서 상황은 점점 더 악화되어 갔다.

이러한 시기.

대한제국도 변화를 맞고 있었다.

지난 5년 동안 유지해 오던 일본에 대한 군정이 3월 말 일자로 종식된 것이다. 5년 동안 일본의 군정을 이끌어 온 사람은 전직 총리 장병익이었다.

대진은 요양비행장으로 귀환하는 그를 맞이하러 나갔다.

요양비행장에는 5년 임기를 마치고 귀환하는 그를 위해 많은 사람들이 나와 있었다.

대한제국은 아직 대형 비행기를 생산하지 않았다. 그 대신 비행선을 이용해 승객과 화물을 수송하고 있었다.

비행선은 그동안 20여 척이 만들어졌다.

한국항공이 운용하는 비행선은 국내는 물론 해외 주요 도시를 정기운행 하고 있었다. 국내선으로 주요 도시를 비롯해 대만과 중동을 운항했다. 해외로는 일본의 요코하마와 중국의 천진, 상해와 홍콩, 유럽의 파리와 미국의 샌프란시스코를 정기운행 하고 있었다.

비행선은 시간이 지날수록 수요가 폭발적으로 증가되었다. 이에 자극받아 독일과 미국도 비행선을 제작해 상업 운항을 실시하고 있었다.

대진이 비행장에 도착하고 얼마 지나지 않아 비행선의 모습을 드러냈다. 길이가 150여 미터나 되는 비행선은 잠시 후 거대한 동체를 정지시켰다.

이어서 천천히 하강하다가 일정 높이에 다다르자 몇 개의 줄을 바닥으로 내렸다. 지상에서 대기하고 있던 비행장 직원들이 그 줄을 받아 바닥에 고정된 고리에 감았다.

그리고 도르래를 이용해 줄을 감으니 비행선에 천천히 착지했다. 이윽고 비행선이 지상에 근접하자 직원들이 줄을 단단히 고정했다.

비행선 문이 열리고 사다리가 내려졌다. 기다리고 있던 대진이 비행선으로 올라가니 장병익이 하선할 준비를 하고 있었다.

"어서 오십시오, 장관님."

장병익이 환하게 웃었다.

"오! 총리께서 직접 나오신 것인가?"

"당연히 제가 영접을 해야지요."

"하하하! 고맙네."

대진은 장병익과 반갑게 악수를 나눴다. 그러고는 그와 동행한 사람들과도 일일이 인사를 나눴다.

장병익이 비행선에서 모습을 보이니 대기하고 있든 군악대가 환영곡을 연주했다. 잠시 감회 어린 표정을 짓던 장병익이 천천히 계단을 내려갔다.

대진은 장병익을 비행장 귀빈실로 안내했다.

"그동안 고생이 많으셨습니다."

"고생보다는 보람 있는 시간이었어."

장병익이 잠깐 동안 그동안의 소회를 밝혔다. 그의 설명을 들은 대진은 흡족해했다.

"그 정도면 우리의 계획이 성공했다고 해도 과언이 아니네요."

장병익도 기분 좋은 미소를 지었다. 그러면서 자신의 치적을 한 번 더 설명했다.

"그렇지. 지난 5년 동안 유신지사를 자처하던 자들 대부분의 비리 혐의를 찾아내 법적 처벌을 하고 매장시켜 버렸지. 그 바람에 지금의 일본은 어른이 없는 형국이 되어 버렸고."

"아무리 번벌정치가 판치는 일본이라고 해도 범죄자를 지도자로 모실 수는 없겠지요."

장병익도 강조했다.

"그래서 더 철저하게 비리 혐의자들을 척결한 것이야. 아울러 군국주의의 온상이 되었을 일본 육군과 해군사관학교도 폐교하고 학군사관으로 경비대 간부를 양성하게 했지. 더불어 육군대학교도 마찬가지로 완전히 폐쇄 조치했지."

대진이 크게 고개를 끄덕였다.

"잘하셨습니다. 무엇보다 일본의 육군대학교는 고급장교 양성의 온상이었던 곳이어서 무조건 폐쇄하는 것이 맞습니다."

"맞아. 일본은 우리와 달리 사관학교보다 육군대학교를 중시하더라고. 사관학교를 나와도 육군대학을 졸업하지 않으면 대좌까지밖에 진급할 수 없는 규정까지 있었어."

"2차 한일전쟁 이전 일본이 도입한 독일식 군사교육 제도에 따른 체계여서 그럴 겁니다. 어쨌든 우리가 절묘한 시기에 군정을 실시한 덕분에 일본 군국주의의 싹을 끊어 버린 셈이 되었네요."

장병익이 격하게 동조했다.

"바로 그거야. 그리고 도조 히데키를 비롯한 군 내부의 강성 장교들을 전부 예편시켜 버렸어. 그리고 우리 태평양제2

함대가 요코스카에 둥지를 틀고 있어서 상당 기간은 일본에 군사력 증강에 신경 쓰지 않아도 돼."

"그래도 언젠가는 다시 빈틈을 노리려 하지 않겠습니까?"

장병익이 예상했다.

"그러려면 상당한 시간이 필요할 거야. 그리고 그 일은 우리 후배들에게 맡겨 두자고."

"알겠습니다."

두 사람은 일본에 대해 한동안 밀담을 나눴다. 그러던 말미에 장병익이 다른 질문을 했다.

"지난번에 영국의 윈스턴 처칠이 다녀갔다고 하던데, 직접 만나 본 소감이 어때?"

"처음에는 특사가 윈스턴 처칠이라고 해서 조금 놀라기는 했습니다. 그러나 직접 만나 보니 의외로 말이 통하더군요."

대진이 윈스턴 처칠과의 만남을 설명했다.

장병익의 표정이 환해졌다.

"영국의 해군장관이 직접 찾아올 정도로 우리의 위상이 커졌다는 의미겠지?"

대진도 동조했다.

"그렇습니다. 우리가 동맹국의 손을 들어 주면 러시아가 무너지는 것은 시간문제이지요. 프랑스 방면의 서부 전선이 무너지는 것도 시간문제일 것이고요. 그렇게 되면 영국 혼자 동맹국과 싸워야 하는 상황이 도래하지 않겠습니까?"

"영국으로선 최악의 상황이 되겠지."

"그렇습니다."

"그래도 유전 합작 개발 제안은 의외야. 우리 기술력이 자신들을 압도하고 있다고 해도 최강대국으로 자부하는 영국이 합작을 먼저 제안해 올 줄은 몰랐어."

"저도 미국과 합작하지 않는 것은 의외라는 생각이 들었습니다."

장병익이 영국의 속셈을 집어냈다.

"그러게 말이야. 그만큼 영국이 미국의 성장세에 경계심을 갖고 있다는 의미일 거야. 거기에 우리가 루마니아유전에 이어 중동 두 곳에서도 대규모 유전을 개발한 능력을 높게 높이 샀기 때문이겠지."

대진도 나름의 분석을 내놓았다.

"무엇보다 본국의 절대적인 중립이 그런 결정을 하게 만든 거 같습니다. 영국은 이 전쟁에서 질 거라는 생각을 조금도 하고 있지 않을 겁니다. 그러니 전쟁 이후의 국제 정세에 대해서도 생각하고 있지 않겠습니까?"

"우리가 연합국의 일원이 되면 많은 이권을 내어주는 것이 싫겠지."

대진 또한 충분히 예상되는 상황이었기에 고개를 끄덕였다. 그리고 말을 돌렸다.

"참, 장관님의 귀환을 축하하기 위해 퍼레이드를 준비해

놓았습니다."

장병익이 난감해했다.

"아니, 임무를 마치고 온 것일 뿐인데 퍼레이드라니?"

대진이 손을 저었다.

"에이, 아닙니다. 일본에 군정을 실시한 것을 어떻게 단순한 임무로 보겠습니까? 지난 5년 동안의 군정으로 국민들의 마음속에 깔려 있던 일본에 대한 앙금을 완전히 털어 낼 수 있었습니다. 그리고 말이 장관이지 실질적으로는 총독의 역할을 하셨지 않습니까? 그런 분의 귀환인데 당연히 국민들이 환영해야지요."

"하하! 이거 참."

대진이 거듭 권했다.

"일본 군정은 우리 국민의 해묵은 숙원을 푼 쾌거입니다. 그 일을 마치고 온 분을 환영하는 것은 너무도 당연한 일입니다. 그리고 이 일은 폐하께서 직접 지시하신 일입니다."

장병익이 놀랐다.

"폐하께서 지시하셨다고?"

"그렇습니다. 황궁에는 지금 폐하를 비롯한 모든 내각대신들이 기다리고 있습니다. 그래서 공항에는 저 혼자 나온 것이고요. 그러니 더 사양하지 마시고 받아들이세요."

난감해하던 장병익이 결국 동의했다.

"알겠네."

장병익의 재가가 떨어지자 대진이 비서실장을 불렀다.

"환영 절차를 준비해 주게."

비서실장이 나갔다가 들어왔다.

"지금 나가시면 됩니다."

대진이 일어났다.

"일어나시지요. 제가 함께하겠습니다."

"고맙네."

요양비행장에서 요양 시내까지는 자동차로 10여 분 걸린다. 장병익을 태운 자동차가 비행장을 출발했을 때는 환영인파가 별로 보이지 않았다.

그러나 시내가 가까워질수록 사람이 몰렸으며 곧 연도는 인파로 가득해졌다. 환영 인파는 손에 태극기를 들고 있다가 장병익이 보이면 지나갈 때까지 환호하며 흔들었다.

"와!"

"고생하셨습니다."

요양으로 천도한 지 30여 년이 지났다.

그 기간 동안 대한제국은 무섭게 발전했으며 그런 발전은 요양을 완전히 바꿔 놓았다. 아직은 10층 이상의 고층빌딩은 몇 개 없었으나 도로변은 대부분 5층 이상의 건물이 늘어서 있었다.

그런 건물에서 오색 색종이로 만든 꽃비를 내리고 있었다. 장병익을 태운 자동차는 오색 꽃길을 지나 요양 중앙의 황궁에 도착했다.

황궁의 별궁 앞에는 내각대신들이 모두 나와 있었다. 장병익은 그들과 일일이 악수를 나누고서 안으로 들어갔다.

황제가 환대했다.

"하하하! 어서 오세요, 장 장관. 그동안 수고가 많았습니다."

"환대해 주셔서 감읍하옵니다."

"별말씀을 다 하십니다. 장 장관이 국내도 아닌 일본에서 5년간이나 고생을 하셨는데 당연히 귀환을 환영해야지요."

이때 궁내부 대신이 직원과 함께 들어왔다. 궁내부 직원의 손에는 상자가 들려 있었다.

궁내부 대신이 설명했다.

"일본 군정을 성공적으로 마치고 귀환하신 장관께 황제 폐하께서 대공의 작위를 수여하시겠습니다. 승작에 대한 동의는 제국의회에서 만장일치로 통과되었습니다."

장병익이 당황했다.

"폐하! 대공이라니요. 당치않습니다."

황제가 웃으며 권했다.

"받아들이세요. 장 장관이 그동안 나라를 위해 애쓴 공적이라면 왕작을 수여해도 전혀 아깝지가 않습니다."

대진도 권했다.

"받아들이십시오. 장관님의 승작은 폐하께서 먼저 제안하셨지만 모든 의원들이 동조한 경사스러운 일입니다."

"……알겠네."

장병익이 이번에는 순순히 동조했다.

잠깐 사이 대공 작위 수여에 필요한 자리가 마련되었다.

황제는 궁내부 대신이 대독한 임명장을 건넸다. 그러고는 이화대훈장도 수여되었다.

대공의 작위도 최초이지만 금척에 이어 이화대훈장 수여도 최초였다.

황제가 당부했다.

"그동안 수고 많았습니다, 앞으로도 나라를 위해 많은 도움을 부탁드립니다."

"목숨을 다하는 그날까지 보국 충정의 정신을 절대 잃지 않겠습니다."

황제가 주최하는 연회도 열렸다.

황제가 직접 연회를 여는 경우는 드물다. 그럼에도 연회를 개최할 정도로 장병익이 그동안 세운 공적이 많았다.

대진은 기쁘면서도 착잡했다.

장병익이 일본에서 큰 공적을 세운 것은 기쁜 일이다. 덕분에 대한제국의 일본 공략은 더한층 탄력을 받을 수 있게 되었다.

그러나 그의 세대는 60대를 훌쩍 넘기고 있어서 대부분이 은퇴를 했다. 많은 사람이 제국의회의 종신 의원으로 활동하고 있지만 그 또한 의례적인 경우가 많았다.

장벽익의 귀환은 그로 대변되는 세대의 마지막 공식 활동이나 다름없었다. 이러한 사실은 황제를 비롯한 모든 참석자들도 알고 있었다.

그래서 연회는 화려하면서도 무겁게 진행되었다.

다음 날부터 대진은 더 열심히 정무를 수행해 나갔다. 그런 와중에 시간만 나면 이미 은퇴한 손인석과 원로들을 찾아뵈며 정을 나누었다.

5장

그러던 6월 7일.

대륙에서 급보가 날아왔다. 급보는 외무대신 김홍집이 직접 갖고 들어왔다.

"총리님, 원세개가 급서했다고 합니다."

대진이 깜짝 놀랐다.

"아니, 황제에서 물러난 지도 얼마 되지 않았는데 급서라니요? 혹시 암살된 것입니까?"

김홍집이 고개를 저었다.

"아닙니다. 신장에 결석이 있었는데 그것이 급격히 악화되면서 요독증으로 사망했다고 합니다."

대진이 씁쓸해했다.

"안타까운 일이군요. 황제의 자리도 100여 일 만에 끝났는데 퇴위하고 석 달을 넘기지 못하고 사망했네요."

"인생사 일장춘몽이라고 하더니 그의 말로가 너무도 허망하기 짝이 없습니다."

대진은 안타까웠다.

"원세개가 욕심을 부리지 않았다면 본국과 오랫동안 좋은 관계를 유지할 수 있었을 터인데 안타깝네요. 그의 장례는 어떻게 치러진다고 합니까?"

"중국의 발표에 따르면 황제의 예에 따라 진행된다고 합니다."

"다행이네요. 비록 백일천하였지만 그래도 연호를 세운 황제여서 그런가 보네요. 그러면 본국에서도 조문 사절을 보내야 하는데 누가 좋겠습니까?"

"제가 직접 다녀오겠습니다."

대진이 김홍집을 바라봤다.

"외무대신께서 직접 다녀오신다고요?"

"서양은 지금 전쟁 중이어서 제대로 된 조문 사절을 보낼 수가 없을 것입니다. 이러한 때에 제가 조문을 한다면 나름대로 중국을 대우하는 격이 되지 않겠습니까?"

잠깐 고심하던 대진이 승낙했다.

"그렇게 하세요. 대륙의 병권을 장악하고 있던 그가 사망했으니 북양군의 분열은 불문가지일 겁니다. 그러니 기왕이면 가셔서 각 군벌의 수장과 면담하는 시간도 가져 보세요."

김홍집도 바로 대답했다.

"그래서 직접 가 보려고 합니다. 보고에 따르면 북양군은 원세개의 황제 즉위를 전후해 2개의 세력으로 나뉘어 있었다고 합니다. 그런 세력이 이번에 노골적으로 분열될 것이 분명합니다. 그런 군벌 지휘관들을 만나기 위해서라도 조금 일찍 넘어가 보려고 합니다."

"그렇게 하세요."

대진의 재가를 받은 김홍집은 10여 일 후, 몇 명의 관리를 대동하고 북경으로 넘어갔다.

대한제국의 예상대로 전쟁 중인 서양에서는 조문 사절을 따로 보내지 않았다. 덕분에 유일하게 외무대신이 참석한 대한제국의 조문 사절에 중화민국 정부는 진심으로 감사를 표시했다.

원세개의 장례를 조문하기 위해 대륙 각지에서 수많은 사람들이 북경으로 몰려들었다. 그렇게 몰려든 사람 중에는 한 지역의 패자들도 많았다.

김홍집은 시간을 쪼개 가면서 대륙의 유력 인사들과 면담을 가졌다. 면담 요청은 차고 넘쳐서 6월 28일 장례식이 거행된 이후에도 며칠 동안 북경에 머무르며 많은 사람과 만났다.

그러고는 귀환하면서 대진을 찾았다.

"……이렇게 여러 인사들을 만났습니다."

대진이 치하했다.

"고생이 많았습니다. 외상의 말씀을 들어 보니 예상대로 대륙에 군벌의 시대가 시작되겠군요."

김홍집이 아쉬워했다.

"그렇습니다. 장차 군벌이 될 사람들을 많이 만나 본 것은 성과였습니다. 하지만 혁명 세력의 주인공이라고 할 수 있는 손문을 만나지 못한 것이 아쉬웠습니다. 그와 만나 대화를 나눌 수 있었다면 장차 진행될 대륙의 정세에 대해 좀 더 확실히 알 수 있었을 터인데 말입니다."

대진이 고개를 저었다.

"아닙니다. 이 정도만 해도 상황 파악은 충분히 할 수 있습니다. 그건 그렇고, 우리의 도움을 받으려는 군벌이 너무 많아서 문제네요."

"원세개가 총리님의 후원으로 대륙의 패자가 되었다는 사실이 큰 영향을 끼친 거 같습니다. 그런 사실을 잘 알고 있는 북양군의 두 파벌도 거리낌 없이 도움을 요청한 것이고요. 그리고 혁명파의 군세가 생각보다 적은 것이 의외였습니다."

대진이 분석했다.

"어쩔 수 없는 현상이지요. 혁명파의 대부분은 관리 출신이 아닙니다. 그런 혁명파가 자리를 잡기 위해서는 아마도 상당한 시간이 필요할 겁니다."

"총리님께서는 대륙은 당분간 군세를 장악하고 있는 군벌들의 각축장이 될 거라고 보시는군요."

대진이 동의했다.

"분명히 그렇게 될 겁니다. 짧게는 몇 년, 길게는 10여 년 동안 대륙은 극심한 혼란에 휩싸이게 될 겁니다. 그 이후도 솔직히 장담할 수 없는 상황이고요."

대진의 예상대로였다.

원세개의 장례가 끝나자마자 대륙은 혼란에 휩싸이게 된다. 그 시작은 대총통 여원홍과 국무총리 단기서 간에 벌어진 정치투쟁이었다.

두 사람 모두 북양군벌 출신이다. 그럼에도 권력을 장악하기 위해 반목하면서 대륙은 정쟁의 소용돌이에 휘말려 들어갔다.

정치투쟁의 장은 부활한 국회였다.

중국 국회는 참의원과 민의원 양원이었다. 이런 중국 국회에는 구 국민당 세력과 진보당 그리고 무당파와 단기서가 만든 10여 개의 어용 정당이 뒤섞여서 격렬한 정쟁을 벌였다.

대한제국은 이러한 혼란을 활용했다.

혼란은 군벌이 득세로 이어졌다.

지역의 맹주로 등장한 군벌들은 자신들의 권력을 지키기 위해 병력 확충을 실시했다. 병력을 확충하기 위해서는 군장과 군수 장비가 필요하다.

대륙에는 양무운동의 영향으로 각지에 군수공장이 세워져

있었다. 그런 군수공장들은 서태후 말기와 혼란기를 겪으면서 대부분 유명무실해졌다.

그로 인해 군벌들은 무장을 대륙 외부에서 들여와야 했다. 일본이 몰락하기 전이었다면 그 역할을 일본이 담당했을 터였다.

그런데 일본은 완전히 몰락했다.

유럽은 전화에 휩싸여 각종 군수물자를 먹어치우는 하마가 되어 있었다. 그 바람에 군벌들이 의지할 수 있는 곳은 대한제국밖에 없었다.

군벌들은 다투어 사람을 보내 군장과 군수물자를 구입하려 했다. 대한제국은 이런 군벌들의 요구에 적절히 응해 주었다.

대한제국은 지난 10여 년 동안 군사 장비가 전부 교체되었다. 아직까지 자동소총이 보급되지는 않았으나 카빈을 기반으로 한 반자동소총이 전군에 보급되어 있었다.

그로 인해 교체된 평정소총이 수십만 정 보관되어 있었다. 그리고 산둥 일본군과 일본 본토에서 노획한 소총과 각종 군사 장비도 어마어마했다.

대한제국은 일본에서 노획한 화기를 대륙의 군벌에 적절히 판매했다. 그렇게 해서 벌어들인 자금으로 대한제국군의 기갑전력 양성에 투입하면서 전투력을 한층 더 보강했다.

그러면서 해가 바뀐 1917년.

날이 아직 풀리기 전인 3월 초.

미국특사가 대한제국을 방문했다.

이들은 대한제국이 정기적으로 운용하는 비행선을 타고 태평양을 건너왔다. 미국특사는 해군장관과 차관보였다.

대진은 영국에 이어 미국까지 해군장관이 특사로 온 사실에 주목했다. 그리고 또 하나, 미국 해군차관보의 이름이 낯익은 사실에도 주목했다.

"프랭클린 D. 루스벨트 해군차관보."

대진이 특사의 이름을 부르자 비서실장이 나섰다.

"아는 인물입니까?"

대진이 고개를 저었다.

"오랫동안 해군차관보를 역임하고 있다는 말은 들었지만 보는 것은 이번이 처음이야."

비서실장이 의아해했다.

"총리님께서 미국의 일개 차관보를 기억하고 계실 줄은 몰랐습니다."

대진이 싱긋이 웃었다.

"왜? 내가 미국 차관보를 기억하는 것이 이상해?"

"당연히 그렇지요. 미국의 국무장관도 잘 모르는데, 국무부도 아닌 해군차관보를 기억하시니 이상하지요."

대진이 크게 웃었다.

"하하하! 그렇지. 우리 대한제국이 미국의 차관보의 이름까지 알고 있을 필요는 없지."

대진은 격세지감이 느껴졌다.

'대한제국의 총리인 내가 미국의 일개 차관보의 이름까지 알 필요는 없지. 그러나 회귀 전에는 미국의 차관보만 떠도 대한민국의 대통령까지 영접하던 시절이 있었다. 그런데 프랭클린 루스벨트 차관보는 장차 미국의 대통령이 될 자이니 당연히 관심이 갈 밖에.'

이런 생각을 하고 있을 때 접견실 문이 열리고 비서가 들어왔다.

"총리님, 미국특사가 도착했습니다."

"어서 모시게."

비서가 나갔다가 미국특사와 미국공사를 데리고 다시 들어왔다. 대진이 자리에서 일어나는 것을 보고 비서가 소개했다.

"총리님, 여기 이분은 미국대통령 특사인 해군장관이고 이분은 부사인 해군차관보입니다."

해군장관이 자신을 소개했다.

"처음 뵙겠습니다. 미합중국 해군장관 제프 대니얼스입니다. 그리고 이 사람은 해군차관보인 프랭클린 루스벨트입니다."

대진이 그들과 인사를 나누고 소파에 앉았다. 이어서 차가 나왔으며 대진이 차를 권했다.

"드셔 보시지요."

잠시 차를 마시며 한담이 오갔다. 그러던 말미에 대진이

먼저 본론으로 들어갔다.

"미국의 해군장관이 본국을 찾아오실 줄은 몰랐습니다. 귀국에 무슨 일이 있는 것입니까?"

제프 대니얼스가 정색했다.

"독일이 대서양에서 지난달부터 무제한잠수함작전을 재개한 사실을 아시는지요?"

대진이 바로 알아들었다.

"미국이 중립을 포기하고 참전하려는 겁니까?"

대니얼스가 깜짝 놀랐다.

"아니, 그런 사실을 어떻게 아십니까?"

"독일의 무제한잠수함작전으로 어마어마한 피해를 양산하고 있는 것으로 압니다. 그런 피해 중에는 중립국인 귀국의 선박도 다수 포함되어 있다는 사실도요."

"놀랍군요. 극동에 있는 귀국이 대서양에서 전개되고 있는 상황을 너무도 잘 알고 있군요. 맞습니다. 독일은 영국으로 향하는 모든 선박을 대상으로 무차별 공격을 가하고 있습니다. 그 바람에 영국은 물론이고 중립국 선박의 피해도 눈덩이처럼 불어나고 있지요."

"그래도 아직까지는 지난 1915년에 일어났던 귀국의 루시타니아 침몰 사건 같은 경우는 일어나지 않고 있지 않습니까?"

가만있던 프랭클린 루스벨트가 나섰다.

"본국이 참전하려는 까닭은 얼마 전에 입수한 독일의 비밀 전문 때문입니다."

이러면서 한 장의 종이를 내밀었다.

비밀 전문은 독일 외무장관이 멕시코 외무장관에게 보낸 것이다. 내용은 무제한잠수함작전을 개시한다고 멕시코에 알렸으며 아울러 미국이 중립을 지키면 좋겠지만 그럴 수 없다면 멕시코가 참전해 달라는 종용이었다.

내용을 읽던 대진이 어이없어했다.

"이게 무슨 말입니까? 멕시코가 동맹국으로 참전하면 그 대가로 귀국의 뉴멕시코와 텍사스, 애리조나를 되찾아 주겠다니요?"

프랭클린 루스벨트가 설명했다.

"멕시코가 참전하면 독일이 본국의 대서양 연안을 잠수함으로 봉쇄할 계획 같습니다. 저들의 무제한잠수함작전이 시작과 동시에 엄청난 효과를 보고 있는 상황이거든요."

"그럴 수는 있겠지요. 그렇다고 귀국의 영토를 독일이 어떻게 챙겨 준다는 말입니까?"

루스벨트의 설명이 이어졌다.

"독일은 우리의 참전만 막으면 전쟁에서 승리한다는 확신이 있는 거 같습니다. 그리고 멕시코가 거병하면 본국의 입장에서는 유럽 파병을 할 수 없지 않겠습니까?"

"당연히 그렇겠지요."

"예, 그렇게 우리와 멕시코가 전쟁을 벌이는 동안 독일의

동맹국이 전쟁에서 승리하고 난 뒤 아메리카로 파병할 생각인 거 같습니다."

그럴듯한 계획이었다.

"독일의 입장에서는 충분히 생각해 볼 수 있는 계획이기는 하네요. 그런데 우리 대한제국이 참전하도록 멕시코가 중재해 달라니요? 가만있는 우리 대한제국이 이 전문에 왜 거론되었는지 모르겠군요."

루스벨트의 목소리가 단단해졌다.

"그래서 장관님과 제가 찾아뵌 것입니다. 귀국은 본국과도 가깝지만 멕시코와도 가깝지 않습니까?"

루스벨트의 말대로 대한제국은 멕시코와 긴밀히 교류하고 있었다. 그러면서 미국만큼은 아니지만 멕시코에 투자도 상당히 하고 있었다.

대진이 미국의 우려를 바로 알아챘다.

"우리 대한제국이 멕시코의 권유를 받아 동맹국으로 참전할 것을 우려하는 겁니까?"

"솔직히 그렇습니다. 유럽의 전황이 격렬한 상황인데 귀국이 동맹국의 손을 들어 준다면 그야말로 최악의 상황이 되지 않겠습니까?"

대니얼스 장관이 거들었다.

"우리 합중국도 그렇지만 영국도 귀국의 동향에 늘 촉각을 곤두세우고 있었습니다."

대진이 상황을 짐작했다.
“본국이 이번 전쟁의 캐스팅보트를 쥐고 있다는 말씀입니까?”
“우리 합중국과 연합국은 그렇게 생각하고 있습니다.”
대진이 어이없는 표정을 지었다.
“우리는 지난번에 영국특사가 왔을 때도 분명한 의사 표시를 했습니다. 그럼에도 귀국이 이렇게 다시 와서 재론하니 불쾌하군요.”
대니얼스 장관이 펄쩍 뛰었다.
“절대 나쁜 의도는 없습니다! 그러니 오해는 말아 주었으면 합니다.”
대진도 이들이 대한제국의 중립을 확인하기 위해서 온 것만이 아니라는 것은 짐작하고 있었다. 그럼에도 굳이 그 문제를 거론하며 불쾌한 표정을 지은 것은 협상을 유리하게 이끌어 가기 위함이었다.
“좋습니다. 장관의 말씀을 믿지요. 그러면 본국을 방문한 목적이 무엇인지요?”
“우리 미합중국은 귀국과 상호방위조약을 체결하기를 바랍니다.”
대진이 대번에 지적했다.
“우리의 중립 표명만으로는 불안하다는 말씀이군요.”
루스벨트가 얼른 나섰다.
“그만큼 귀국의 군사력이 막강하다는 의미 아니겠습니까?

귀국은 세계 최고의 공군력을 보유하고 있습니다. 아울러 다른 나라에는 없는 항공모함을 6척이나 보유하고 있고요. 그뿐이 아니라 최첨단 잠수함도 수십 척 보유한 것으로 알고 있습니다. 그런 귀국을 세계의 어느 나라가 신경을 쓰지 않겠습니까? 하물며 귀국과 본국은 태평양을 사이에 두고 있고요."

루스벨트의 설명을 듣던 대진이 놀랐다.

"본국의 군사력에 대해 조사를 많이 하였군요."

"한국은 동양의 최강대국입니다. 그런 나라의 군사력을 신경 쓰지 않는 것이 오히려 이상하지요. 더구나 귀국은 항공모함이나 잠수함 등을 건조 취역시킬 때마다 언론에 발표하고 있어서 정보 입수가 비교적 쉬웠습니다."

루스벨트의 말대로 대한제국은 국민들의 자부심 고취를 위해 수시로 언론을 이용해 왔다. 그러나 미사일이나 특급기밀에 관한 사항은 철저하게 베일에 가려 놓고 있었다.

대진이 고개를 끄덕였다.

"차관보의 말씀이 맞습니다. 본국의 언론만 잘 살펴봐도 우리 군사력의 대강은 알 수 있지요."

루스벨트가 안도의 표정을 지었다.

"그러면 본국과의 방위조약 체결에 동의해 주시는 겁니까?"

"우리 대한제국은 이번 전쟁에서 중립을 지킬 것을 선포했습니다. 그 선포를 지금까지 지켜 왔고요. 그럼에도 귀국이 방위조약을 체결하자고 하는데 본국에 무슨 실익이 있을까요?"

루스벨트가 설명했다.

"양국의 우호가 이전보다 훨씬 더 증진될 것입니다. 귀국은 우리 미합중국에 많은 투자를 하고 있는 것으로 알고 있습니다. 본국과 방위조약을 체결하면 지금의 투자는 물론이고 앞으로의 투자도 훨씬 원활해지지 않겠습니까?"

"흐음!"

"그뿐이 아닙니다. 방위조약은 양국이 공유하고 있는 태평양의 안전을 보장하게 됩니다. 그렇게 되면 우리 합중국과 귀국의 국익에 큰 도움이 될 것이고요. 그리고 본국은 러시아에 다양한 지원을 하려고 하는데 귀국이 이를 대행해 주십시오. 그러면 귀국의 경제에 큰 도움이 될 것입니다."

예상하지 않은 대답이 나왔다.

"귀국이 러시아에 도움을 준다고요?"

"그렇습니다. 유럽에서의 전쟁에서 서부 전선은 참호전으로 거의 고착화되고 있습니다. 반면에 러시아 방면의 동부 전선은 엄청난 소모전이 벌어지고 있고요. 그런데 정작 러시아는 내부 문제로 전쟁에 집중하지 못하고 있습니다. 그러니 귀국만 동의해 준다면 귀국을 통해 러시아로 대량의 물자를 지원해 주려고 합니다."

대니얼스 장관이 부언했다.

"귀국이 주도하여 부설한 대륙종단철도가 있어서 가능한

일이지요."

루스벨트가 동조했다.

"맞습니다."

프랭클린 루스벨트는 방위조약의 당위성을 적극 설파했다. 그의 주장은 대한제국의 국익에도 도움이 되는 일이었기에 대진도 거부하지 않았다.

"좋습니다. 귀국과 방위조약을 체결하지요."

미국특사의 얼굴이 환해졌다.

"현명한 결정을 하셨습니다."

미국특사는 미리 협정문을 작성해 왔다. 대진은 그들이 건넨 협정문을 보고 내심 놀랐다.

'대단하구나. 미국이 이렇게 우리에게 유리하기까지 한 협정문을 작성해 왔다니.'

루스벨트가 질문했다.

"혹시 수정할 사항이 있습니까?"

"없습니다. 이 정도면 적당합니다. 그런데 한 가지 첨언할 사항이 있네요."

"그게 무엇입니까?"

"일본입니다. 일본은 본국과 구원이 많지요. 그래서 근래 들어 두 번의 전쟁을 치러야 했고 5년 동안 본국의 군정을 받았습니다. 그런 일본이 귀국의 도움을 받는 경우가 없었으면 합니다."

미국도 한일 관계를 모르지 않았다. 그래서인지 대니얼스 국방장관이 의외의 제안을 했다.

"아예 식민지로 삼지 않고요."

대진이 고개를 저었다.

"그럴 생각이면 진즉에 그렇게 했지요. 우리는 자국의 부를 식민지에 나눠 줄 정도의 아량은 전혀 없습니다."

루스벨트가 의아해했다.

"식민지가 있으면 국부가 늘어나는 거 아닙니까?"

"본국은 자력으로도 자급자족이 가능한 나라입니다. 그런 우리가 영국이나 프랑스처럼 식민지에 연연할 필요가 없지요. 더구나 본국의 공업 생산력은 이미 유럽 대부분의 나라를 추월할 정도가 되었습니다. 그런 우리에게는 물건을 판매할 시장이 필요할 뿐이지요."

대단한 자신감이었다.

프랭클린 루스벨트는 대한제국의 국력이 자신의 생각보다 훨씬 크다는 사실에 놀랐다.

"놀랍군요. 귀국이 그 정도의 국력을 보유하고 있을 줄은 몰랐습니다."

대니얼스 장관이 결정했다.

"알겠습니다. 우리 합중국은 귀국의 동의 없이 일본과는 어떠한 협약도 체결하지 않겠습니다."

"감사합니다. 그 약속만 지켜 주신다면 우리 대한제국은 언제까지라도 귀국과의 선린 우호 관계를 이어 나갈 것입니다."

"좋습니다."

협정은 몇 가지 첨언할 사항을 보완하고는 바로 체결되었다. 협정문에 날인한 대진이 두 사람의 미국특사에게 손을 내밀었다.

"생각지도 않은 조약이었지만 귀국과 함께한다는 사실에는 대단히 만족합니다."

두 사람의 특사의 표정이 환해졌다.

대니얼스 장관이 손을 맞잡으며 화답했다.

"우리도 대한제국과 방위조약을 체결하게 되어 더없이 기쁩니다."

프랭클린 루스벨트도 화답했다.

"이번 조약을 기회로 양국의 군사 특히 해군 부문의 교류가 정기적으로 진행되었으면 합니다."

대진은 미국이 어떻게 발전해 나가는지 너무도 잘 알고 있었다. 그래서 그런 미국과 교류하는 것이 국익에 결코 나쁘지 않다는 생각을 갖고 있었다.

그러나 그냥 동조할 수는 없었다.

"이런, 혹시 귀국이 바라는 것에 군사 교류도 포함되어 있었던 겁니까?"

프랭클린 루스벨트가 급히 손을 저었다.

"절대 그렇지 않습니다. 방금 한 제안은 순전히 제 개인적인 생각임을 밝힙니다."

말은 이렇게 했지만 대진은 그의 속내를 어렵지 않게 짐작했다. 그럼에도 장차 미국의 대통령이 될 그를 위해 적당히 화답해 주었다.

"좋습니다. 루스벨트 차관보의 제안을 적극 검토해 보겠습니다."

루스벨트의 입이 귀에 걸렸다.

"감사합니다. 돌아가서 실무진과 협의해 최선의 방안을 모색해 보겠습니다."

"그렇게 하세요. 우리도 거기에 맞춰 준비를 하라고 지시해 놓겠습니다."

루스벨트가 정색을 했다.

"저의 제안을 받아들여 주셔서 진심으로 감사드립니다."

대진이 다시 손을 내밀었다.

"부디 정치적으로 성공해서 큰일을 할 수 있도록 기원드리지요. 필요하다면 내가 개인적으로 적극 후원하리다."

프랭클린 루스벨트는 감격했다. 30대 중반의 자신에게 대한제국의 총리가 적극적인 후원 의사를 표명한 것이다.

"감사합니다."

"하하하! 그 문제는 따로 차관보께 사람을 보내도록 하리다."

"기대하고 있겠습니다."

미국특사는 다음 날 바로 돌아갔다. 특사의 임무가 너무도 쉽게 해결되었을뿐더러 유럽에서의 전쟁이 정점을 치닫고 있었기 때문이다.

특사가 돌아가고 한 달여 만인 4월 6일.

미국의 윌슨 대통령이 독일에 선전포고를 했다.

그렇다고 해서 당장 전세가 변화된 것은 아니었다.

선전포고를 했다지만 미국의 병력이 13만여 명밖에 되지 않았기 때문이다. 미국이 참전하기 위해서는 징병부터 해야 했고 그렇게 징병한 병력을 훈련시켜야 하는 문제가 있었다.

훈련에는 적어도 반년 이상의 시간이 필요했다. 그런 공백기를 메우기 위해 미국은 자국에서 생산된 군수물자를 연합군에 지원하기로 결정했다.

결정이 내려지자 미국은 군수물자를 무지막지하게 찍어내기 시작했다. 그렇게 생산된 군수물자는 대형 수송함에 실려 대서양을 가로질렀다.

이러한 물자 수송은 이전과는 달랐다. 미국은 대진의 조언을 받아들여 수송선을 호위하는 함정을 무조건 딸려 보냈다.

이런 호위함에는 초기 형태지만 음파탐지기가 설치되어 있었다. 덕분에 독일 잠수함의 피해는 급격히 줄어들었다.

군수물자 지원은 러시아도 예외는 아니었다. 미국은 생산된 군수물자를 철도에 실어 캘리포니아로 옮겨서는 태평양을 건넜다.

태평양은 이전부터 대한제국의 영역이었다. 그래서 전쟁이 발발했음에도 태평양으로는 독일 잠수함이 넘어오지 않고 있었다.

태평양을 건너온 군수물자는 부산에서 철도에 실려 대륙을 가로질렀다. 이렇게 지원된 군수물자로 인해 러시아는 한숨을 돌릴 수 있었다.

그러나 이는 임시방편에 불과했다.

러시아에는 1917년 3월 8일, 세계 최초로 사회주의혁명이 발생했다. 이 혁명으로 러시아의 로마노프왕조가 무너졌다.

혁명이 발생한 가장 큰 원인은 참전으로 극도의 생활고가 발생했기 때문이다. 처음에는 평화시위였으나 니콜라이 2세가 무력 진압을 명령하면서 사태는 걷잡을 수 없이 커졌다.

이 혁명으로 결국 니콜라이 2세가 퇴위하면서 제정러시아 시대가 막을 내렸다. 그러면서 들어선 러시아 임시정부는 독일과의 전쟁을 이어 나갔다.

러시아 임시정부에 미국이 원조해 주는 군수물자는 가뭄의 단비였다. 그러나 이렇게 탄생한 임시정부는 태생적으로 한계가 있었다.

임시정부는 전쟁의 지속을 원했으나 생활고에 시달리고 있던 노동자들은 이에 반발했다. 노동자들은 줄기차게 종전을 주장했으나 받아들여지지 않자 결국 7월, 대규모로 봉기한다.

이 봉기에 볼셰비키는 동조하지 않았다. 그 바람에 봉기는

쉽게 진압되었으나 이때부터 러시아 정정은 극도로 혼란에 휩싸였다.

정정이 불안해지면서 볼셰비키 당원들은 오히려 급격히 증가하였다. 그러던 9월 정식으로 정부가 수립되고 러시아 공화국이 선포되었다.

그러나 러시아 민중은 더 이상 정부를 신뢰하지 않았다.

그러던 10월.

드디어 볼셰비키가 거병을 했다. 대진은 러시아에서 날아온 급보에 침음하지 않을 수 없었다.

"으음! 볼셰비키가 공산혁명을 일으켰군요."

대진의 집무실에는 내각대신들이 대거 들어와 있었다. 참석자 중에는 정보를 담당하는 국가정보원장도 있었다.

대내외의 정보를 담당하는 국정원장이 내각회의에 참석하는 경우는 별로 없다. 그만큼 러시아에서 발생한 혁명이 중대하다는 의미다.

국정원장 이동휘(李東輝)가 보고했다.

"지난 11월 6일, 러시아의 율리우스력으로는 10월 24일입니다. 블라디미르 레닌의 지시로 볼셰비키가 대대적인 봉기를 했습니다. 그렇게 봉기한 혁명군은 불과 2일 만에 겨울궁전을 비롯한 상트페테르부르크의 모든 거점을 장악했다고 선언했습니다."

외무대신 김홍집이 인상을 썼다.

"우려했던 일이 벌어졌군요. 볼셰비키는 독일과의 전쟁에 반대하는데, 그러면 러시아로 넘어가는 군수물자는 어떻게 해야 합니까?"

대진이 지시했다.

"러시아와 접한 국경 경비를 강화하세요. 아울러 몽골 지역도 마찬가지고요. 그리고 국경을 넘지 않은 철도는 우선적으로 운항을 중지시키세요."

국방대신 서영식이 질문했다.

"즉각 조치하겠습니다. 그런데 국경을 넘은 화물차는 어떻게 합니까?"

"몇 개가 넘어가 있지요?"

국방대신이 보고했다.

"30량을 단 열차가 하나 넘어가 있습니다. 러시아로부터 귀환하는 열차는 2개이고요."

"넘어간 열차는 가장 빠른 역에 화물을 하역하고 귀환하라고 하세요. 그리고 남은 열차의 귀환에도 신경을 쓰시고요."

"알겠습니다."

대진이 모두를 둘러봤다.

"이번 반란으로 러시아는 돌이킬 수 없는 길을 가게 되었습니다. 볼셰비키가 결집력이 강하다고 해도 수백 년을 이어온 제정러시아가 한순간에 무너지지는 않을 겁니다."

김홍집이 질문했다.

"총리님께서는 내전이 벌어진다고 보십니까?"

대답이 주저 없이 나왔다.

"그렇습니다. 내전은 분명 격렬하게 벌어지게 될 것입니다. 볼셰비키는 공산주의 중에서도 극좌파에 속합니다. 반면에 지금까지 러시아제국을 지탱해 온 세력은 어떤 나라 귀족보다 강력하고요. 이런 양 세력은 필연적으로 격돌할 수밖에 없습니다."

"그렇다면 우리는 어떻게 대처해야 합니까? 우리 제국의 국제로 봤을 때는 귀족 세력을 지지해야 하는데요."

대진이 딱 잘라 말했다.

"우리 제국은 예외 없이 중립입니다. 그러면서 최대한 실리를 얻는 방향으로 움직여야 합니다."

대진이 워낙 강하게 나가자 누구도 이의를 제기하지 않았다.

국방대신 서영식이 질문했다.

"총리님, 실리라고 하셨는데, 우리가 무엇을 추진하는 것이 좋겠습니까?"

"나는 이번 기회에 양측과 협상해 마지막으로 남아 있던 고토인 만주 북부 외 만주 지역을 수복했으면 합니다."

곳곳에서 탄성이 터졌다.

상무대신 국광현이 대번에 우려했다.

"외 만주 지역은 면적이 상당히 넓습니다. 아무리 내전이 벌어졌다고 해도 러시아가 그 넓은 지역을 넘겨주려 하겠습니까? 저는 차라리 러시아가 강점하고 있는 주산군도를 공략하는 것이 좋을 거 같습니다."

대진도 인정했다.

"러시아가 쉽게는 넘겨주지 않겠지요. 그러나 내전이 격화되면 국경을 가장 많이 접한 우리를 러시아의 양대 세력이 눈치를 보지 않을 수 없게 됩니다. 우리가 어느 쪽의 손을 들어주느냐에 따라 승패가 결정될 터이니까요. 그러니 적당한 시기를 봐서 협상에 들어간다면 분명 좋은 결과가 있을 겁니다."

문부대신 이상재가 나섰다.

"저는 총리님의 의견에 적극 동조합니다. 외 만주 지역은 본래부터 우리 고토입니다. 그런 지역을 청나라가 중재의 대가로 러시아에 넘겨준 것이고요. 그런 지역을 수복하는 것은 고토 수복의 마지막 염원을 달성하는 국가대사입니다."

국방대신은 더 강경하게 나갔다.

"본국과 방위조약을 체결했던 러시아제국이 무너진 상황입니다. 그래서 지금이라도 무력을 동원해서 수복해도 됩니다."

대진이 고개를 저었다.

"무력은 최후의 동원 수단입니다. 문제는 그 지역 안에 러시아 동쪽 최대 도시인 니콜라예프스키가 있다는 사실입니다. 흑룡강의 하구에 있는 그 도시가 우리에게 넘어오게 되면 러시아의 태평양 전략에 막대한 차질을 빚게 됩니다."

모든 대신들이 심각한 표정이 되었다.

대진이 김홍집을 바라봤다.

"외무대신, 니콜라예프스키의 인구가 얼마지요?"

"10여만으로 알고 있습니다. 그리고 흑룡강과 우수리강이 만나는 하바롭스크의 인구도 5만여 명이 되고요."

국정원장 이동휘가 부언했다.

"본국의 고토인 만주와 시베리아를 가르는 기점은 외흥안령산맥입니다. 이 산맥의 아래 외 만주에는 수십만의 러시아인과 원주민이 살고 있습니다."

대진이 말을 이었다.

"과거 우리가 연해주를 돌려받을 때만 해도 동부 지역으로 많은 인구가 유입되지 않았습니다. 그러나 시베리아철도가 완성되고 북해도의 통치가 시작되면서 유입되는 인구가 급격히 증가되었지요. 우리는 앞으로 벌어질 러시아 내전을 이용해 고토를 수복하기 위해서는 유입된 러시아인들의 처리를 잘 해결해야 합니다."

국정원장 이동휘가 나섰다.

"그 지역에 살고 있는 러시아인들은 대부분 우크라이나에서 이주해 왔습니다."

"그래요?"

"혁명에 성공한 볼셰비키가 자신들의 정부를 세운다면 시베리아 일대는 극심한 혼란에 휩싸이게 될 것입니다. 그런 틈을 노려 우크라이나 출신 주민들이 독립할 가능성도 염두에 두어야 합니다."

놀라운 지적이었다.

국방대신 서영식이 바로 나섰다.

"총리님, 이 원장의 말씀대로라면 문제가 될 수가 있습니다. 그러니 우리가 먼저 진출해서 외 만주를 점령하고 나서 러시아 신정부와 협상하는 것은 어떻겠습니까?"

이동휘도 적극 동조했다.

"저도 그게 좋을 거 같습니다. 그리고 몽골 국경에 대규모 병력을 집결하고 나서 협상에 임한다면 러시아의 어느 세력도 반대는 어려울 것입니다."

"일종의 무력시위를 하자는 말씀이군요."

서영식이 다시 나섰다.

"볼셰비키가 정부를 세우려고 할 겁니다. 그런 정부를 러시아의 기득권층이 절대 받아들이려 하지 않을 겁니다. 그들에게 노동자들은 농노나 다름없다는 인식을 갖고 있기 때문이지요. 그래서 볼셰비키가 정부를 수립함과 동시에 내전이 시작될 것입니다. 그렇게 되면 어느 세력도 시베리아에 신경을 쓰지 못하게 됩니다."

서영식이 대진을 바라봤다.

"총리님, 우리 대한제국은 보유한 무력만으로도 러시아는 손쉽게 무너트릴 수 있습니다. 그런 우리가 저들의 눈치를 볼 필요는 없다고 생각됩니다."

문부대신 이상재도 적극 동조했다.

"맞습니다. 우리가 우리의 고토를 수복하는데 남의 눈치를 볼 필요는 없다고 생각됩니다. 우리의 우방이었던 러시아 제국은 이미 지상에서 없어진 나라가 되었습니다."

이 말이 기폭제가 되었다. 회의에 참석한 대부분의 대신들이 무력 진출을 적극 주장하고 나섰다.

딱 한 사람, 외무대신 김홍집만 냉정했다.

"안 됩니다. 본국이 병력을 기동하려고 해도 때를 봐야 합니다."

대진이 질문했다.

"때를 봐야 한다고요?"

"그렇습니다. 러시아는 아직 연합국입니다. 그래서 우리가 러시아를 공격하는 것이 독일과 손잡는 상황으로 오판될 수가 있습니다. 그러니 독일과의 전쟁을 반대하는 볼셰비키 정부가 독일과 종전 협상을 체결해 전장에서 이탈하고 난 후 병력을 기동하는 것이 좋습니다."

곳곳에서 탄성이 터졌다.

대진도 탁자를 치며 좋아했다.

"바로 그것입니다. 좋습니다. 외상과 국방상의 제안대로 병력을 움직이도록 합시다. 지금부터 국방부는 몽골을 비롯한 북방 지역에 병력을 재편성하세요. 대외적으로는 러시아의 불확실성 때문이라고 공표하고요. 그리고 외무부는 볼셰비키 정부가 독일과 종전 협상을 체결하는 것을 기점으로 영국과 미국을 비롯한 연합국공사를 불러 본국의 의사를 전달하도록 하세요.

두 사람이 동시에 고개를 숙였다.

"알겠습니다."

대진이 당부했다.

"북방은 세계 최강인 우리 육군이 알아서 잘할 것입니다. 그러니 대신들은 국민들이 생활하는 데 불안을 느끼지 않도록 만전을 기해 주기 바랍니다."

"명심하겠습니다."

회의를 마치고 나온 서영식이 즉각 전군지휘관회의를 소집했다. 대한제국의 영토가 넓어진 만큼 지휘관회의를 소집하는 데에도 사흘의 시간이 걸렸다.

"이번에 총리께서 결단을 내렸습니다."

서영식이 회의 결과를 설명했다. 이 말을 들은 지휘관들은 하나같이 손뼉을 치며 환호했다.

"와!"

지휘관들은 마지막 남은 고토를 자신들의 손으로 수복한다는 사실에 환호했다. 그런 지휘관들은 누구도 패배나 실패는 생각지 않았다.

그만큼 대한제국이 보유한 군사력을 너무도 잘 알고 있었기 때문이다.

환호와 박수는 한동안 이어졌다. 서영식이 흐뭇한 표정으로 장내가 조용해질 때까지 기다렸다.

이윽고 장내가 조용해졌다.

"총리님의 지시를 전달하겠습니다. 북방과 몽골 방면을 담당하고 있는 2군과 5군은……."

서영식의 지시는 한동안 이어졌다.

이어서 병력 배치에 따른 토론이 진행되었다. 토론은 의외로 많은 시간이 걸렸으며 심도 있게 진행되었다.

대한제국 육군은 1, 2, 3군 체제였다.

그러다 영토가 넓어지면서 2개 집단군이 더 늘어나 있었다. 이 중 몽골 방면은 2군이, 연해주와 만주 북방은 5군이 담당하였다.

본래는 이 2개 집단군만 재편하려 했다.

그러나 다른 3개 집단군도 적극적인 참여를 희망해 왔다. 국방부는 군의 사기를 고려해 이들의 제안을 받아들여 각 군 병력을 적절히 동참시켰다.

그 바람에 회의를 마치고 돌아가는 지휘관들의 표정은 하나같이 밝았다.

자대로 돌아간 지휘관들은 병력을 이동, 배치시켰다. 군의 병력 재편은 겨울 내내 진행되었으며 봄이 되기 전에 끝날 수 있었다.

러시아 내전은 점점 격화되었다.

볼셰비키를 인정하지 않은 세력은 백군이 되어 곳곳에서 거세게 저항했다. 이렇게 내전이 격화되자 볼셰비키 정권은 견딜 수가 없었다.

동맹군은 러시아제국 시절부터 동부 전선을 거칠게 밀어붙였다. 그러다 볼셰비키 정권이 들어서면서 그 강도가 더욱 높아졌다.

그 바람에 볼셰비키 정권은 안팎으로 전쟁을 벌여야 하는 상황이 되었다. 결국 볼셰비키 정권은 동맹군의 공세를 막아 낼 여력이 없어지면서 굴욕적인 종전 협상을 체결하게 되었다.

1918년 3월 3일.

독일제국과 러시아 볼셰비키 정부가 종전 협상에 서명하게 된다. 종전 협상으로 60억 금 마르크를 배상하게 되었다.

더불어 발트3국과 카프카스 지역을 포함한 220만 제곱킬로미터를 넘겨주어야 했다. 그리고 그에 포함된 5,000만이 넘는 인구까지 넘겨주어야 했다.

유럽러시아의 거의 절반에 가까운 지역이었다. 더구나 석탄의 90%, 철강의 70%를 비롯한 러시아 전체 산업 자산의 무려 50% 넘게 넘겨주었다.

그야말로 치욕적인 조약이었다.

그러나 얻는 것도 있었다.

볼셰비키 정권은 종전으로 내전에 전념할 수 있는 기틀을

마련할 수 있게 되었다. 그러나 러시아 내부는 좌우를 불문하고 거친 비판을 받아야 했다.

러시아 볼셰비키가 독일과 종전 협정을 체결하고 얼마 후.

미국에서 특사가 날아왔으며 그 특사는 지난번과 같은 해군장관과 차관보였다.

대진은 환대했다. 이전과 달리 미국특사를 원탁으로 안내한 대진은 두 사람과 잠시 한담을 나눴다.

"귀국의 참전으로 전세가 많이 좋아졌다고 들었습니다."

대니얼스 장관이 화답했다.

"그보다 총리께서 조언해 주신 호위함대 덕분에 독일 잠수함으로 인한 피해가 격감했습니다. 덕분에 본국의 병력을 매달 20만 명 이상을 유럽 전선에 파병할 수 있게 되었지요."

루스벨트 차관보도 감사했다.

"총리님의 조언 덕분에 미합중국 병사들의 억울한 죽음을 피하게 되었습니다. 그 점에 대해 미국 시민으로서 진심으로 감사를 드립니다."

"하하하! 좋은 결과가 있었다니 다행이군요."

"예, 그리고 항공모함과 관련된 첨단기술을 공유하게 해주셔서 해군차관보로서도 감사드립니다."

대진은 기꺼웠다.

미국이 항공모함 기술을 얻게 되는 것은 시간문제였다. 그런 기술을 넘겨주면서 양국 관계를 돈독히 했으니 무조건 남는 장사였다.

대진이 화답했다.

"이제부터 시작이지요. 본국은 지금까지 어떤 나라와도 군사기술을 공유한 적이 없습니다. 그런 우리가 미국과의 교류를 시작한 것은 두 분이 있었기에 가능한 일이지요."

대진의 말을 들은 대니얼스와 루스벨트는 입꼬리가 귀에 걸렸다. 두 사람이 다투어 감사를 표시했고 대진도 그에 화답하면서 원탁의 분위기는 더없이 밝아졌다.

"그런데 이번에는 어떤 일로 방문하신 겁니까?"

대니얼스가 정색을 했다.

"독일과 러시아 볼셰비키 정부가 종전 협상을 체결했다는 보고는 받으셨을 겁니다."

대진이 고개를 저었다.

"볼셰비키 정부가 어처구니가 없는 조약을 체결했더군요. 아무리 내부 상황이 급하기로서니 그렇게 굴욕적인 조약에 서명할 줄은 몰랐습니다."

대니얼스 장관도 동조했다.

"그러게 말입니다. 본국이 참전하는 시점에서 그런 결정을 했다니, 우리 합중국은 완전히 뒤통수를 맞은 꼴이 되었습니다."

대진도 동조했다.

"그러네요. 전쟁의 한 축을 담당하고 있던 러시아가 빠져나갔으니 그 타격이 상당하겠습니다. 하지만 종전 협상이 연합국에 꼭 나쁘다고만 할 수는 없을 것입니다."

대진의 발언에 미국특사들이 놀랐다. 프랭클린 루스벨트가 바로 반문했다.

"왜 그런 생각을 하시는 겁니까?"

"독일이 이번에 얻은 영역은 광활합니다. 보고를 받기로는 무려 220만 제곱킬로미터나 된다고 하더군요. 더구나 북으로는 북해에서, 남쪽으로는 흑해까지 영역도 광범위하고요. 더 큰 문제는 이 지역을 러시아로부터 넘겨받으면서 오스트리아에게는 별다른 혜택을 주지 않았다는 겁니다. 그러다 보니 그 지역 전부를 독일이 지켜야 하는 상황이 되었고요."

프랭클린 루스벨트가 바로 알아들었다.

"독일 병력이 분산된다는 말씀이군요."

"그렇습니다. 러시아의 영토였던 지역이 독일로 넘어가거나 독일 치하의 독립국이 되었습니다. 이런 지역의 치안을 유지하기 위해서는 당연히 막대한 병력이 필요할 겁니다. 그 병력이 독일의 발목을 잡게 될 것이고요."

미국특사가 격하게 고개를 끄덕였다.

대진이 말을 이었다.

"독일은 동부 전선을 평정한 여세를 몰아 서부 전선에 모든 전력을 집중할 것입니다. 그러나 분산된 병력으로 인해 독일의 침공 계획은 성공을 거두기 어려울 것입니다."

대니얼스가 탄성을 터트렸다.

"이야! 놀랍습니다. 총리님께서 유럽의 전황을 이토록 정확하게 분석하고 계실 줄은 몰랐습니다. 그렇다면 우리가 방문한 목적도 짐작하고 계시겠네요."

대진이 어깨를 으쓱했다.

"내가 앉아서 천 리를 볼 수 있는 사람도 아니어서 잘은 모릅니다. 하지만 연합국의 입장이라면 어느 정도 분석은 가능하지요."

루스벨트가 나섰다.

"그 분석이 무엇인지 말씀해 주십시오."

"연합국은 노동자들이 주동하는 공산혁명에 대해 크게 우려하고 있을 겁니다. 이는 동맹국이나 연합국이나 마찬가지일 것이고요."

"아! 맞습니다."

대니얼스가 지적했다.

"문제는 독일입니다. 독일은 러시아제국을 혼란에 빠트리기 위해 레닌이 주도하는 볼셰비키를 은밀히 지원했습니다. 그 지원을 받은 볼셰비키가 이렇게 강력하게 성장해 러시아를 장악할 줄은 생각지도 못했고요."

대진이 지적했다.

"지금의 상황은 독일의 모략이 성공한 것이지 않습니까?"

루스벨트가 핵심을 짚었다.

"그렇지 않습니다. 공산주의도 하나의 사상이어서 강제할 수는 없습니다. 그러나 이렇게 단시간에 거대한 러시아를 무너트릴 정도의 위력이라면 국제질서에 엄청난 위협이 될 것입니다. 전쟁이 끝난 이후에도 세계적으로 큰 위협이 될 가능성이 아주 높아졌습니다."

대진도 동조했다.

"그렇지요. 노동자를 보호하지 않는 정부에게는 공산주의가 최대의 적이나 다름없지요. 솔직히 유럽 각국은 노동자를 거의 착취하다시피하면서 자본가를 우대한 경향이 많지요."

루스벨트가 질문했다.

"총리님의 말씀을 들어 보면 한국은 그렇지 않은 거 같습니다."

대진이 자신 있게 설명했다.

"본국은 유럽이나 미국보다 늦게 산업 발전을 시작했지요. 그러다 보니 다른 나라들이 저지른 잘못을 처음부터 바로잡아 나갈 수가 있었지요. 그 덕에 우리 대한제국 노동자의 복지는 세계 최고라고 자부합니다."

대니얼스 장관이 끼어들었다.

"그래서 아메리카 모터스나 귀국과 합작한 사업장의 노동자 대우가 최상이었던 거군요."

"그렇습니다. 본국은 민주주의를 신봉하는 나라입니다.

그러기 위해서는 국민 개개인의 삶의 질을 최대한 높여 주어야 한다고 생각합니다. 그래야 애국심도, 국가에 대한 자부심도 절로 우러나지요."

프랭클린 루스벨트가 심각한 표정을 몇 번이고 고개를 끄덕였다. 대니얼스 장관이 그런 모습을 보며 잠시 뜸을 들이다가 말을 이었다.

"우리 합중국은 공산혁명이 각국으로 전파되는 것을 경계합니다. 그래서 적당한 때를 봐서 러시아 내전에 적극 개입하려고 합니다."

대진도 짐작하고 있는 내용이었다.

"적당한 시기는 독일이 항복한 이후가 되겠군요."

그 말에 루스벨트가 깜짝 놀랐다.

"아니, 그런 계산도 미리 하고 계셨습니까?"

"우리 대한제국은 지난해부터 러시아의 상황을 예의 주시하고 있었습니다. 미국도 알고 있겠지만 우리만큼 러시아와 국경을 많이 맞대고 있는 나라는 없기 때문이지요."

미국특사들이 동시에 고개를 끄덕였다.

"그래서 볼셰비키 정권이 들어서자마자 한겨울임에도 병력을 국경선에 집결해 놓고 있었습니다."

미국특사들이 깜짝 놀랐다.

"군사력을 투사할 계획을 갖고 있었다는 말씀입니까?"

"그렇습니다. 우리가 강화조약을 체결한 나라는 러시아제국이지 볼셰비키러시아가 아닙니다. 그러니 본국의 안보를 위해서라도 당연히 국경 수비를 강화해야지요."

볼셰비키 정부를 적으로 규정할 수 있다는 발언이었다. 생각지도 않은 대진의 발언에 놀란 미국특사들은 서로를 마주 봤다.

대니얼스 장관이 급히 제안했다.

"갑작스러운 말씀이어서 솔직히 당황스럽습니다. 솔직히 본국과 협의를 거쳐야 할 사안이어서 오늘의 대화는 여기서 마쳤으면 좋겠습니다."

"그렇게 하세요."

"최대한 빨리 본국과 의견을 조율하고 나서 다시 찾아뵙겠습니다."

"기다리겠습니다."

돌아갔던 미국특사가 대진을 다시 찾은 것은 이틀 후였다.

대진은 이틀 동안 미국특사가 본국은 물론 영국 · 프랑스를 비롯한 연합국공사와도 만난 사실을 알고 있었다.

대니얼스 장관이 양해를 구했다.

"바로 찾아뵈었어야 하는데 협의가 길어져서 오늘에야 찾아왔습니다."

"아닙니다. 괜찮습니다. 어떤 결정을 하셨는지 궁금하네요."

대니얼스 장관이 바로 대답했다.

"우리 연합국은 볼셰비키 정부를 러시아의 합법 정부로 인정하지 않기로 했습니다. 아울러 대한제국이 연합국의 일원으로 참전하기로 만장일치로 결의했습니다."

대진이 바라던 상황이었다.

"본국이 참전하면 무슨 실익이 있습니까?"

"당연히 종전 후 시작될 강화회의에 주역으로 참여하게 되겠지요. 아울러 전후 처리에서 참전의 대가를 받게 될 것이고요."

"그거야 당연한 일이고요."

"그러면 귀국이 바라는 바가 있습니까?"

대진이 손가락을 2개 폈다.

"두 가지입니다. 하나는 본국이 참전한다고 해서 몽골 일대에 배치된 병력을 시베리아로 전개하지 않을 겁니다. 미국도 알고 있겠지만 시베리아 일대는 볼셰비키에 대항하는 백군이 장악한 상태여서입니다."

"좋습니다. 그러면 백군에 군수물자 지원을 해 줄 수는 있겠습니까?"

"귀국이 러시아제국을 지원하기 위해 보내 준 군수물자가 엄청나게 쌓여 있습니다. 그 물자는 지원해 주겠습니다. 필요하면 식량 정도는 충분히 지급해 줄 의향도 있고요."

대한제국의 군수물자를 지원해 주지 않겠다는 생각을 분명히 밝혔다. 잠깐 아쉬워하던 대니얼스 장관이 확인했다.

"본국의 군수물자는 지원해 줄 수 있다는 말씀이군요."

"그렇습니다."

"좋습니다. 나머지 조건은 무엇입니까?"

대진이 비서실장을 바라봤다.

대기하고 있던 비서실장이 원탁에 지도를 펼쳤다. 그 지도에는 대한제국의 미수복 지역인 외 만주 지역이 색깔로 표시되어 있었다.

"이 지역은 본국의 고토입니다. 그래서 이번에 참전하게 되면 이 지역을 본국 병력으로 수복하려 합니다. 그러니 이 부문만큼은 연합국이 양해해 주었으면 합니다."

시베리아 중심도 아닌 동쪽 끝의 고토였다. 더구나 그 지역을 대한제국이 장악하면 러시아의 태평양 진출은 저절로 막힌다. 미국으로서도 나쁘지 않은 결과였다.

지도를 살펴보던 대니얼스 장관이 한발 더 나갔다.

"그 지역을 귀국이 장악하면 북해도 북부의 블라디보스토크와 중국의 장강 앞에 있는 주산군도가 뜨게 되는데, 이는 어떻게 하시렵니까?"

대진이 고개를 저었다.

"본국은 고토 수복 이외에는 관심이 없습니다. 그 지역을 귀국이 차지한다고 해도 어떠한 이의도 제기하지 않겠습니다."

대니얼스 장관이 반색했다.

미국은 지금까지 대한제국이 쿠릴열도 중 한 섬에서 제공한 항구를 사용해 오고 있었다. 그런 미국에 있어 북해도의 블라디보스토크는 보석이나 다름없었다.

대니얼스 장관의 목소리가 높아졌다.

"좋습니다. 그런데 유럽의 전황이 만만치 않아서 귀국 병력이 참전해 주었으면 하는데, 가능하겠습니까?"

대진이 잠시 고심했다.

'지금처럼 전황이 전개된다면 11월이면 종전된다. 그러면 준비 과정 6개월 정도를 감안하면 참전한다고 해도 병력 피해는 거의 발생하지 않을 거다.'

대진이 흔쾌히 동의했다.

"그렇게 하지요. 그런데 시베리아 방면으로 병력을 전개해서 지상군을 파병하려면 반년 정도의 시간이 필요합니다."

"당연히 그 정도의 시간이 필요하겠지요. 본국도 유럽 파병을 위해 반년이 넘는 시간이 필요했으니까요. 그러나 전황이 만만치 않으니 지상군보다 병력 기동이 쉬운 항공모함전대를 먼저 보내 주시는 것이 어떻겠습니까?"

이 정도의 요청은 받아들여 주어야 한다. 그래서 대진도 더 이상은 거부하지 않았다.

"좋습니다. 최고의 항모전단을 지중해로 파병하지요."

루스벨트 차관보가 급히 나섰다.

"우리 해군이 참전무관으로 동참할 수는 없겠습니까?"

대진이 흔쾌히 동조했다.

"그렇게 하시지요. 기왕 미국과의 군사 교류를 시작했으

니 그 정도는 당연히 들어주어야지요."

루스벨트의 표정이 더없이 환해졌다.

대한제국이 연합국으로 동참한다는 소식은 유럽의 전황을 뒤흔들었다. 영국과 프랑스는 미국에 이어 대한제국까지 참전한다는 소식에 쌍수를 들어 환영했다.

반면에 동맹군을 이끌고 있는 독일제국은 거의 공황에 빠졌다. 오랫동안 기술 교류를 해 온 독일제국은 대한제국의 군사력을 누구보다 잘 알고 있었기 때문이다.

독일제국은 급해졌다.

가장 먼저 독일 내부에 있던 자동차 공장을 폐쇄시켰다. 그러나 러시아 내전이 발발하면서 부품 수송이 원활하지 못했던 탓에 거의 개점휴업 상태여서 별다른 피해가 발생하지 않았다.

이어서 독일은 대규모 병력을 서부 전선으로 집결시켰다. 대한제국이 참전하기 전에 전세를 유리하게 만들기 위해서였다.

이렇게 시작된 독일의 춘계 공세는 피아를 불문하고 엄청난 인명피해를 양산했다. 그리고 이 전투에서 참전한 미군은 최초로 승리를 거두게 된다.

바로 이러한 시기.

러시아의 대한제국공관으로 볼셰비키 정부의 특사가 방문

했다.

연합국은 러시아에 공산정권이 들어서는 것을 우려하고 있었다. 그렇다고 볼셰비키 정권을 적대하지는 않았으나 일체의 도움도 주지 않고 있었다.

반면에 대한제국은 이미 연합국의 일원으로 참전한 상황이었다. 이런 대한제국의 러시아공사관에 볼셰비키특사의 방문은 의외였다.

러시아공사 이범진은 의외라는 표정을 숨기지 않고 능숙한 러시아어로 특사를 맞았다.

“생각지도 않은 방문이군요. 그것도 볼셰비키 정부의 최고지도자께서 찾아올 거라고는 예상을 못 했습니다.”

방문한 사람은 다름 아닌 볼셰비키 정부의 지도자인 블라디미르 레닌과 몇 명의 측근이었다.

레닌이 대답했다.

“국가 중대사를 논의하기 위해서 찾아왔습니다.”

6장

이범진의 안색이 굳어졌다.

미국은 대한제국과 협의한 이후 곧바로 병력을 파견했다. 그런 미군 병력은 북해도의 블라디보스토크와 주산군도를 차례로 점령했다.

대한제국은 외 만주 지역을 점령했다. 대한제국의 병력 기동은 순식간이어서 볼셰비키 정권은 물론 러시아 백군도 어떠한 대처를 할 수 없었다.

"본국의 이번 조치는 고토 수복의 일환이었다는 사실을 분명히 알렸습니다. 레닌 위원장께서는 그 문제를 따지려고 온 것입니까?"

블라디미르 레닌이 한숨을 내쉬었다.

“통보는 받았습니다만 고토 수복이라니요. 너무 일방적인 주장 아닙니까? 그 지역은 러시아가 1860년 청국으로부터 정식으로 할양받았습니다.”

이범진이 당당히 대답했다.

“청국과 그런 관계가 있었다는 사실은 인정합니다. 우리 대한제국은 이제는 없어진 러시아제국과 영토를 교환한 적이 있었습니다. 그 당시에도 러시아제국에 그 사실을 분명히 주지시켰지요. 그러나 아쉽게 전부를 돌려받지 못하고 일부 지역만 교환했고요.”

이범진의 말에 레닌이 불편한 기색을 보였다.

“험! 그랬다는 말은 들었습니다.”

“그래서 본국이 이번 기회에 고토를 수복하게 된 것입니다.”

레닌의 측근이 문제를 지적했다.

“당시 귀국과의 협상에서 러시아는 그 지역에 대한 영유권을 분명히 주장했습니다. 그런 영토를 귀국이 지금 강점한 상황이니 하루빨리 군대를 철수시켜 주시기 바랍니다.”

그러자 이범진이 고개를 갸웃했다.

“그런데 이상하군요. 볼셰비키 정부는 과거 러시아제국의 전통을 승계하지 않는다고 천명한 것으로 아는데요. 그 주장에 따르면 본국이 수복한 지역은 볼셰비키 정부의 영토가 아니지 않습니까?”

이 말에 레닌과 측근들이 크게 당황해했다.

레닌이 항변했다.

"그렇지 않습니다. 우리 볼셰비키 정부는 러시아제국이 체결한 대외 조약을 성실히 지켜나가기로 천명했습니다."

"이상하군요. 귀국은 독일과 종전 협정을 체결했지 않습니까? 아울러 그동안 유지해 온 영국 등과의 국제 관계도 모두 없던 일로 해 버렸고요. 그래서 지금 연합국이 볼셰비키 정부를 인정하지 않는 거 아닙니까?"

"……."

이범진의 지적은 사실이었다.

볼셰비키 정부는 러시아제국과의 관계를 청산한다고 천명했다. 아울러 러시아제국이 맺어 온 각종 국제 관계도 무효화한다고 발표한 상황이었다.

그러면서 내부의 비난을 감수하면서까지 독일과 종전 협상을 체결했다. 이는 심각해진 내전을 돌파하기 위한 고육지책이었으나 그것이 대한제국과의 협상에서 발목을 잡아 버렸다.

레닌이 한숨을 내쉬었다.

"후! 좋습니다. 공사님의 말씀도 일리가 있으니 인정할 부분은 인정해야겠지요. 오늘 내가 공사님을 찾아온 까닭은 그 문제를 비롯한 여러 문제를 논의하기 위해서입니다."

이범진은 내심 쾌재를 불렀다.

레닌 스스로가 외 만주 지역에 대한 대한제국의 고토 수복을 인정하는 발언을 했다. 그러나 이범진은 조금도 변하지 않은 표정을 지었다.

"말씀해 보십시오."

"본국은 다른 나라는 모르지만 귀국과는 선린 우호 관계를 유지해 나가고 싶습니다."

"우리 대한제국도 가장 넓은 국경을 맞대고 있는 러시아와는 당연히 우호관계를 유지하고 싶습니다. 하지만 그러기 위해서는 반드시 넘어야 할 산이 있는 거 같군요."

이범진이 슬쩍 외 만주 지역을 거론했다. 이 말에 레닌은 미리 작정하고 온 사람처럼 고개를 끄덕였다.

"좋습니다. 우리 러시아소비에트 공화국은 본국이 제시하는 조건만 들어준다면 귀국의 고토 수복을 인정하겠습니다."

이 말에 이범진의 평정심이 깨졌다.

"그게 정말입니까?"

레닌이 씁쓸한 표정으로 고개를 끄덕였다.

"본국의 요구 조건을 들어주는 것이 우선이겠지요."

"말씀해 보십시오. 본국이 들어줄 수 있는 사안이라면 당연히 들어드리겠습니다."

"우선은 더 이상의 영토침범은 하지 말아 주십시오."

"당연히 지켜 드리겠습니다."

"그리고 중앙아시아 초원을 포함한 투르키스탄에 대한 본국의 영향력을 인정해 주십시오."

투르키스탄은 과거 신강(新疆)이다.

이범진이 잠깐 고심하다가 동의했다.

"그렇게 하겠습니다. 어차피 그 지역은 지금까지 러시아의 영향력 아래에 있었으니까요."

레닌이 고마워했다.

"감사합니다. 그리고 반란군에 어떠한 지원도 해 주지 않았으면 합니다. 만일 귀국이 이 조건을 받아들여 준다면 귀국이 강점한 지역에 대한 우리의 권리를 포기하겠습니다."

이범진은 고심했다.

대한제국은 미국의 군수물자를 러시아 백군에 지원해 주고 있었다. 그로 인해 볼셰비키 정부는 모스크바 일대를 제외한 지역에서 연패하고 있었다.

그래서 외교관들 사이에서는 볼셰비키 정권이 무너지는 것은 시간문제라는 말이 돌고 있었다.

볼셰비키 정권이 대한제국에 고토를 넘겨주면서까지 미국의 지원을 끊으려 하는 것은 이 때문이었다.

고심은 있었으나 결론은 이미 내려져 있었다.

"좋습니다. 우리 대한제국은 볼셰비키 정부를 귀국의 정통 정부로 인정하겠습니다. 아울러 귀국의 내전에 관해 어떠한 개입도 하지 않을 것을 천명하는 바입니다."

레닌의 표정이 환해졌다.

"정말로 우리 볼셰비키를 러시아 유일 정부로 인정해 주신다는 말씀입니까?"

"그렇습니다. 그 대신 이러한 합의 사항은 독일이 항복한 이후에 공표하기로 합시다."

레닌이 그 자리에서 동의했다.

"알겠습니다. 그렇게 하겠습니다."

양국의 협약은 그 자리에서 작성되었다. 작성된 비밀조약은 먼저 무전으로 본국에 보고되었다.

보고를 받은 대진은 크게 기뻐했다. 마침 집무실에는 고토 수복의 상황 보고를 위해 국방대신과 합참의장이 들어와 있었다.

"하하하! 러시아 볼셰비키 정부가 우리의 고토 수복을 인정해 주었다고 하는군요."

두 사람은 크게 기뻐했다.

"그게 정말입니까? 아니, 어떻게 저들이 그런 결정을 할 수 있었던 것입니까?"

"그만큼 내전 상황이 여의치 않아서겠지요."

대진이 보고 전문을 건넸다.

내용을 읽은 서영식이 놀랐다.

"레닌이 직접 공사관을 찾아왔네요. 이야! 우리 대한제국의 위상이 러시아 최고지도자가 우리 공사를 직접 찾아올 정도가 되었습니다."

대진도 절로 미소가 지어졌다.

"아무리 나라가 어렵다고 해도 레닌이 직접 찾아올 줄은 몰랐어. 서 대신의 말대로 우리의 위상이 그만큼 높아졌다는 의미겠지."

합참의장도 기뻐했다. 그러고는 미국과의 문제부터 거론했다.

"미국이 백군에 계속해서 군수물자를 제공하려고 할 겁니다. 그에 대한 문제는 어떻게 해결하면 좋겠습니까?"

대진이 나섰다.

"그 문제는 미국과 직접 협상으로 풀면 됩니다. 미국도 북해도의 블라디보스토크와 주산군도를 강점하고 있으니 백군에 대한 지원을 철회하는 조건으로 볼셰비키 정부와 협상하면 됩니다."

합참의장이 핵심을 짚었다.

"총리님께서는 볼셰비키 정권이 내전에서 승리할 거라고 보시는군요."

"당장은 쉽지 않을 겁니다. 그러나 시간이 문제일 뿐 결국은 볼셰비키가 러시아를 장악할 겁니다."

서영식도 동조했다.

"맞습니다. 러시아제국은 그동안 국민들을 너무 착취해 왔어요. 그런 노동자들이 결집한 볼셰비키가 결국은 승리할 겁니다."

합참의장이 우려했다.

"그렇게 되면 본국에도 문제가 되지 않겠습니까?"

대진이 담담히 생각을 밝혔다.

"공산주의에 물든 자들이 활동할 수 있겠지요. 아니, 그렇게 될 겁니다. 하지만 우리는 처음부터 노동자와 자본가를 동등하게 대해 왔지요. 그래서 유럽이나 미국보다 월등하게 노동자들에 대한 대우와 복지 혜택이 좋아요. 이런 우리나라에서는 공산주의가 확산되기 어렵습니다."

서영식이 거들었다.

"맞습니다. 대륙이라면 모르지만 본국은 어려워요."

"부디 그렇게 되었으면 좋겠습니다."

대진이 확신했다.

"그렇게 될 것이니 걱정 마세요."

대진은 즉각 미국공사를 불러 볼셰비키와의 협상 내용을 설명했다.

미국도 바로 움직였다.

미국 정부는 러시아에 주재하는 미국공사를 통해 볼셰비키 정부와 비밀 협상을 했다. 그 결과 미국이 강점하고 있는 두 지역을 넘겨받는 대가로 백군에 대한 지원을 중지했다.

이 일을 겪으면서 한미 양국의 유대는 그 어느 때보다 돈독해졌다. 특히 미국의 윌슨 대통령은 대진에게 친서를 보내 대한제국의 후의에 감사를 표시하기까지 했다.

대한제국은 이로써 그토록 바라던 고토를 모두 수복하는

쾌거를 이뤄 냈다. 아울러 국가의 위상을 그 어느 때보다 높이는 결과도 얻어 냈다.

제1차 세계대전은.

이해가 가기 전인 11월 11일 독일의 무조건적인 항복으로 끝났다.

대한제국은 전쟁 말기 연합국의 일원으로 참전했다. 지상군의 파견이 여의치 않았던 대한제국은 정규 항모군단을 지중해로 파병했다.

그리고 오스트리아헝가리제국의 주요 군사시설에 대대적인 폭격을 시행했다.

폭격은 놀라운 성과를 거뒀다.

대한제국은 소이탄을 대량으로 사용했다.

세계는 소이탄의 존재는 알고 있었으나 아직 제작 방법을 몰랐다. 그래서 대한제국이 사용하는 소이탄의 위력을 보고는 경악할 정도로 놀랐다.

거의 매일 항모에서 출격하는 대한제국의 공격기는 목표지역을 초토화했다. 이런 와중에 공중전도 심심치 않게 발생했다.

유럽은 아직 폭격기와 전투기의 개념이 확실치 않았다.

반면에 대한제국 공군은 분명해서 공중전이 벌어지면 전투기가 적기를 상대했다.

그런데 놀랍게도 공중전에서 공군은 단 1기의 전투기도 격추되지 않는 성과를 거뒀다. 동시에 적기는 상대하는 족족 격추시켰을 정도로 조종사의 능력과 전투기의 성능이 월등했다.

제1차 세계대전은 엄청난 결과를 초래했다. 전쟁터는 초토화되었으며 민간인과 군인을 포함한 4천여만 명의 인명피해를 낳았다.

그런 다음해인 1919년 1월 4일.

파리에서 강화회의가 열렸다.

이 회의에 대한제국은 당당한 연합국의 일원으로 참여했다. 베르사유궁전에서 열린 이 회의는 33개국이 참여해 평화보장에 관해 논의했다.

그런 과정에 국제연맹 창립 문제도 논의했으며 미국의 윌슨 대통령은 민족자결주의도 천명했다.

회의는 몇 개월 동안 진행되었다.

대한제국은 회의에 적극 참여했다. 그러나 이미 소기의 목적을 달성한 덕분에 별다른 요구를 하지 않았다.

단지 쿠웨이트와 접한 바스라 일대에 대해 영국과 개별적인 협상을 했을 뿐이다. 덕분에 회의에 참석한 다른 나라로

부터 환대를 받으면서 국가 위상이 더 상승했다.

파리 강화회의에 이은 결과는 연합국과 동맹국 각국 간에 별도의 조약이 체결되었다. 그 결과는 연합국의 일방적이고 무리한 주장에 동맹국이 치욕스럽게 굴복하는 결과로 나타났다.

1919년 7월.

파리에서 회의를 마치고 온 외무대신 김홍집이 참석한 내각회의가 열렸다. 거대한 사건을 마무리하는 의미여서 별궁에서 어전회의로 열렸다.

김홍집이 결과를 직접 보고했다.

황제가 침음했다.

"으음! 아무리 승전국이라지만 패전국에 대한 처분이 너무도 가혹하군요."

김홍집이 고개를 숙였다.

"신이 너무 가혹하다는 주장을 거듭했으나 받아들여지지 않았습니다."

"그래도 오스트리아가 갈가리 찢겨서 제국은커녕 우리 대만 정도로 나라가 작아지다니요. 그뿐 아니라 오스만은 아예 나라가 산산조각으로 흩어져 버렸네요."

대진이 부언했다.

"유럽은 수백 년 동안 오스만에 대한 공포를 안고 살아왔습니다. 그런 오스만을 철저하게 무너트리고 싶은 것은 유럽 승전국 모두의 일치된 의견이었을 겁니다. 그 결과가 오스만의 본거지인 아나톨리아반도까지 조각낸 것이고요."

황제도 이제는 국제 관계에 대해 누구보다 해박한 지식을 갖고 있었다. 그래서 대진의 설명을 조금의 부족함도 없이 받아들일 수 있었다.

황제가 지적했다.

"파리회의에서 본국의 기득권을 주장하지 않은 것은 최선의 전략이었겠지요?"

"그렇습니다. 본국의 항모전단이 참전해 전쟁 막바지에 상당한 전과를 올린 것은 사실입니다. 그러나 엄청난 인명피해를 입으며 승전한 영국 · 프랑스 · 미국 등과 비교할 수는 없습니다. 그래서 우리는 쿠웨이트와 접한 바스라와 바그다드 주변에 대한 권리만 취득하는 것에 만족했습니다."

황제가 다른 질문을 했다.

"총리, 러시아 내전은 앞으로 어떻게 진행될 거 같습니까? 연합국에서 실제로 파병까지 할까요?"

대진이 대답했다.

"그렇게까지 할 수는 없을 것입니다. 전쟁 중에는 그나마 겨우 버텼지만 연합국이나 동맹국 모두 경제가 최악입니다. 그런 상황에서 또다시 러시아 내전에 병력을 파견할 수는 없을 것입니다."

"그렇군요. 연합국의 참전이 없다면 몇 년 내로 내전은 종식되지는 않겠군요."

"적어도 몇 년은 걸릴 것입니다."

"좋습니다. 본국의 국익을 위해서는 러시아 내전이 길어지는 것이 나쁘지 않지요. 그보다 대륙에서 발생한 민중 봉기의 여파가 만만치 않다고요?"

대진이 설명했다.

"북경대학이 주동이 된 학생 봉기가 북경 일대를 넘어 대륙 전역으로 번졌습니다. 그렇게 시작된 학생들의 동맹휴학이 무려 200여 개의 도시로 번졌고요."

"학생들의 요구가 외세 배격과 체포된 학생들의 석방 등이라면서요?"

"그렇습니다. 중화민국이 늦게나마 연합국이 되면서 파리 강화회의에서 대륙에 진출한 외세를 몰아내려고 했습니다. 아쉽게 그런 시도는 철저하게 무시되었고 마약 판매만 불법으로 한다는 동의만을 얻어 냈습니다."

김홍집이 설명을 이어 나갔다.

"그래서 중국 대표가 본국의 승인을 기다린다는 핑계로 협정문에 날인을 거부했습니다. 그러다 시간을 넘겨 자동 승인이 되면서 문제가 발생한 것입니다."

황제가 확인했다.

"중국이 얻은 것이 하나도 없다는 말이군요?"

대진이 말을 받았다.

"예, 폐하. 중국은 본래 주산군도와 조계지를 폐지하고 싶어 했습니다. 그러나 그런 계획이 전부 다 무산되면서 중국 정부의 무력함이 백일하에 드러나게 된 것입니다. 그런 사실을 알게 된 학생들이 봉기하게 된 것이고요. 그런 봉기를 중국 정부가 무력으로 진압하면서 수천 명의 학생들이 구속되었지요."

국방대신이 말을 받았다.

"문제는 북경의 학생 봉기가 상해로 넘어가면서 10여만 명의 노동자가 참여한 파업이 발생한 것입니다. 아울러 다수의 상인들도 여기에 동참해 가게 문을 닫아걸었고요."

황제가 궁금해했다.

"상황이 어떻게 진행될 거 같습니까?"

대진이 대답했다.

"잠시 혼란스럽겠지만 무력 봉기까지는 진행되지 않을 것입니다. 그러기에는 북경의 북양 정부나 광주의 호법 정부 모두 부담일 터이니까요."

내무대신 홍영식이 나섰다.

"호법 정부의 손문이 이런 기회를 이용하지 않는 것이 의문이기는 합니다."

이상재 문부대신이 생각을 밝혔다.

"제대로 된 군사력이 없는 호법 정부입니다. 더구나 명분

을 중시하는 손문이 학생들을 정치도구로 삼는 것에 부담을 느낄 것입니다.”

대진도 동조했다.

“맞습니다. 자칫 학생운동을 정쟁의 도구로 삼는다는 거센 비판에 직면할 수 있습니다. 그리고 아직은 북양 정부보다 군사력이 약한 강남의 군벌들이 동조할 가능성도 높지 않고요.”

황제가 정리했다.

“그렇다면 지금의 상황에서 큰 변수가 발생하지는 않겠군요.”

“지금으로선 그렇습니다.”

“좋습니다. 짐은 이번에 수복한 지역의 원주민과 러시아인들을 적극 포용했으면 합니다. 이런 짐의 생각을 총리께서는 어떻게 생각하시는지요?”

“신도 그것이 최선이라고 생각하고 있습니다. 그동안 파악한 바로는 수복 지역의 유입 인구 대부분이 우크라이나인이었습니다. 그래서 본국으로 귀환하려는 자들은 일정 시간을 주어 순리적으로 정리하려고 합니다.”

“그렇게 하세요. 그리고 수복 지역의 군정은 몇 년 정도 실시할 예정인가요?”

“5년이 적당할 것으로 예상됩니다. 그 정도면 본국의 이주민들도 충분히 정착할 수 있사옵니다.”

“좋습니다. 그렇게 하세요.”

황제가 흔쾌히 동조하면서 어전회의는 물 흐르듯이 진행되었다.

그렇게 회의를 끝나고 황제가 자리에서 일어났다. 그런데 돌연 중심을 잡지 못하고 휘청했다.

"폐하!"

모든 대신들이 깜짝 놀랐다.

황제를 호종하는 궁내부 환관이 급히 달려와 황제를 부축했다. 잠깐 환관에게 몸을 의지하던 황제는 자세를 바로 했다.

"잠깐 어지러웠던 것이니 괘념치 마시오."

대진이 걱정했다.

"폐하! 옥체가 미편하시면 태의를 부르시지요."

"괜찮습니다. 잠시 쉬면 나아질 겁니다."

말은 이렇게 했지만 황제는 결국 환관에게 의지해 회의장을 빠져나갔다. 이날부터 황제는 자리보전하는 시간이 급격히 늘어났다.

대진은 시간만 나면 입궁해 황제를 알현했다. 그러나 한번 시작된 황제의 병환은 좀체 나아지지 않았다.

그러던 11월 초.

황제가 대진을 침전으로 불렀다.

대진이 침전을 찾으니 몇 달 사이 병색이 완연한 황제가 억지로 몸을 일으켰다.

"어서 오세요, 총리."

대진이 급히 몸을 숙였다.

"그냥 누워 계셔도 되옵니다."

"아니에요. 하루 종일 누워 있어서 이렇게 하는 것이 좀 더 편합니다."

대진은 걱정이 한가득한 표정으로 황제를 바라봤다. 그런 대진을 본 황제는 씁쓸한 미소를 지었다.

"총리."

"예, 폐하."

"짐이 제위한 지도 벌써 56년째입니다. 그동안 짐은 천하의 어떤 황제보다 더한 홍복을 누려 왔다고 자부합니다."

대진은 순간 불길한 생각이 엄습했다. 마치 유언과도 같은 황제의 말이어서 급히 몸을 숙였다.

"아닙니다. 아직 하셔야 할 일도 많고 경험하실 일도 많사옵니다."

황제가 고개를 저었다.

"과유불급이라고 했습니다. 짐은 본래 영조황제보다 더 오래 즉위할 생각이 없었어요. 그러나 안타깝게도 보위를 이을 황태자가 후손이 없어 차일피일 미루다 보니 오늘까지 오게 되었네요."

"폐하, 아직 단념은 금물입니다. 황태자께서는 아직 후사를 볼 수가 있습니다."

황제가 고개를 저었다.

"아니에요. 황태자가 벌써 사십대 중반입니다. 나이도 많지만 몸이 약해 후사를 본다는 희망은 이제 버릴 때가 된 거 같아요."

"폐하!"

황제가 손을 들었다.

"그만하세요. 공표는 하지 않았지만 후손을 잇기 어렵다는 사실을 짐은 이미 알고 있습니다. 짐은 10여 년 전 태의로부터 후손을 볼 수 없다는 사실을 들었지요. 이는 황후도 마찬가지이고요."

대진도 그런 사실을 알고는 있었다. 그러나 혹시나 하는 기대감과 황실에 대한 예우로 지금까지 함구하고 있었다.

황제가 말을 이었다.

"그래서 짐은 더 늦기 전에 양위를 하려고 합니다."

대진이 깜짝 놀랐다.

"폐하! 그게 무슨 말씀입니까? 양위라니요!"

"너무 안타까워하지 마세요. 이 문제에 대해서는 황후와도 이미 이야기를 마쳤습니다."

"폐하! 아무리 그렇다고 해도 국가대사이옵니다."

"총리."

"예, 폐하."

"이 정도면 짐도 최선을 다했다고 자부합니다. 처음 총리와 마군을 만났을 때 조선의 미래가 어떻게 되었는지를 알고 짐은 절망했습니다. 다행히 그대들과 손을 맞잡아 오늘의 대한제국이 되었으니 이제는 쉬고 싶네요. 그리고 황후의 마지막 바람인 황태자의 천자 등극을 짐이 직접 관장하고 싶군요. 이는 짐의 마지막 바람이기도 합니다. 그러니 총리께서 짐의 청을 들어주었으면 합니다."

"폐하!"

황제는 한동안 지금까지 있었던 일들을 차분히 되새겼다. 그런 말의 말미에 황제는 황태자를 잘 부탁한다고 몇 번이나 당부했다. 마치 유언과도 같은 황제의 말을 듣는 대신은 눈시울이 붉어지지 않을 수 없었다.

"성려하지 마십시오. 어떠한 일이 있더라도 황실의 안위는 신이 지켜 내겠습니다."

황제가 모처럼 환하게 웃었다.

"고맙습니다. 짐은 오직 총리만 믿겠습니다."

그렇게 황제를 알현하고 나온 대진이 내전을 찾았다. 황후도 본전이 아닌 2층으로 된 별궁에서 머무르고 있었다.

그 별궁에서 황후와 독대했다.

대진이 먼저 입을 열었다.

"방금 폐하를 알현하였는데 너무도 황망한 말씀을 들었습니다."

황후는 말도 없이 눈물부터 흘렸다. 너무도 처연하게 눈물을 흘리는 그녀를, 대진은 묵묵히 기다려 주었다.

그렇게 얼마의 시간이 지난 후.

"예, 제가 황태자에게 선양하자는 청을 드렸습니다."

"황후께서 직접 그러셨다고요?"

"그래요. 폐하께서는 본래 몇 년 전부터 양위를 하려 하셨어요. 그것을 내가 계속 만류해 왔는데 폐하께서 저렇게 병환이 깊어지시니 더 지체할 수가 없겠더라고요. 그래서 여생이라도 편하게 보내시라고 청을 드렸습니다."

대진은 황실 내부에서 이런 말이 오가고 있는 줄은 몰랐다. 그렇다 보니 황후의 말이 너무도 생경하게 들려왔다.

"그런 말씀이 있었으면 진즉에 제게 말씀을 하시지 않고요."

황후가 고개를 저었다.

"황태자가 걸려서 쉽게 말을 할 수가 없었습니다."

대진이 몸을 숙였다.

"마마, 우리 대한제국은 이전의 조선이 아닙니다. 그 누구도 황실 문제만큼은 황제 폐하와 황후마마의 뜻을 존중합니다."

황후가 씁쓸한 표정을 지었다.

"알지요. 알고 있지만 어미의 심정이 있어 지금까지 결단을 내리지 못했습니다."

대진도 황후의 심정을 충분히 이해하고도 남았다.

"후사 때문에 그러셨군요."

"욕심이겠지만 나는 황태자가 후손을 보기를 기다려 왔어요. 그러나 이제는 그 꿈을 완전히 접기로 했답니다."

"아!"

황후는 한동안 말을 못 했다. 대진은 끝까지 기다려 주었으며 얼마 후 황후가 겨우 입을 열었다.

"황태자가 제위를 이으면 의친왕이 황태제가 되어 대통을 잇게 하려고 합니다."

"마마."

황후가 고개를 저었다.

"어차피 안되는 일이었습니다. 그렇다고 언제까지 후사를 비워 둘 수도 없는 일이고요."

황후가 대진을 바라봤다.

"그러니 총리께 부탁을 드립니다. 좋은 날을 잡아 황상께서 양위할 수 있도록 해 주세요. 기왕이면 해를 넘기지 말고요."

대진이 깜짝 놀랐다.

"마마, 시간이 너무 촉박합니다."

"아니에요. 황실에서는 이미 오래전부터 준비하고 있었어요. 그러니 내각에서 절차만 밟아 주면 됩니다. 그리고 폐하의 환후가 예사롭지 않으니 되도록 빨리 날을 정했으면 합니다."

황후가 이렇게까지 나오는데 안 된다는 말을 할 수는 없었다.

대진이 몸을 숙였다.

"……알겠습니다. 최대한 좋은 날을 잡아 보겠습니다."

황궁을 나온 대진은 급히 내각전체회의를 소집했다. 그 자리에서 황제와 황후의 의사를 전하자 하나같이 안타까워했다.

그러나 누구도 양위를 반대하지 않았다. 그만큼 황제의 환후도 좋지 않았으며 황실 후사도 늘 부담이었기 때문이다.

내각회의는 일사천리로 진행되었다. 그렇게 회의를 마친 대진은 의친왕부를 방문했다.

마군이 도래하며 황실도 많이 변했다.

황후가 아직까지 생존해 있어서 황제는 후궁을 더 두지 않았다. 그런 황제의 후손으로는 황태자와 의친왕이 전부였고 다른 후손은 전부 조졸했다.

황태자에게서 후사를 보고 싶었던 황후에게 의친왕은 걸림돌이나 마찬가지였다. 그런 황후의 심중을 알고 있던 의친왕은 일부러 황궁도 찾지 않으면서 철저히 몸가짐을 조심해 왔다.

의친왕은 왕비와 후궁이 2명 있다.

의친왕비는 불임이어서 후사가 없다. 그래서 후궁을 들였으며 후궁 소생으로 3명의 왕자가 있었다.

대진은 불필요한 오해를 사지 않기 위해 의친왕을 멀리했다. 의친왕도 의식적으로 대진이 자신을 멀리하고 있다는 사실을 알고 있었다.

그런 대진이 갑작스럽게 찾아왔으니 놀랄 수밖에 없었다.

"어인 일로 사동궁을 찾으셨습니까?"

사동궁은 의친왕부의 별칭이다.

대진의 사정을 설명했다.

"오늘 황제 폐하와 황후마마를 알현하고 왔습니다."

의친왕의 안색이 굳어졌다.

"그러셨습니까? 혹시 아바마마의 환후가 위중한 것은 아니겠지요?"

대진이 담담히 사정을 설명했다.

"아닙니다. 두 분께서는 황태자 전하께 양위하고자 하십니다. 그것도 해를 넘기지 않고요."

의친왕이 깜짝 놀랐다.

"그게 정말입니까?"

"예, 그리고 황후께서는 전하께서 황태제로서 다음 대통을 이어 나가시기를 바라고 있습니다."

의친왕의 눈이 더없이 커졌다.

"황후마마께서 직접 그런 말씀을 하셨다고요?"

"그렇습니다. 그러니 전하께서도 이제부터는 새로운 마음의 준비를 하고 계셨으면 합니다."

의친왕의 표정이 굳어졌다.

"알겠습니다. 지금까지도 그래 왔지만 앞으로도 더욱 조심하지요."

대진이 흐뭇해했다.

"고맙습니다. 그리고 지금까지 전하를 제대로 찾아뵙지 못해 송구했습니다."

"아닙니다. 과인의 처지가 어떤지는 과인이 더 잘 알고 있었습니다. 솔직히 말씀드려서 형님 전하의 후사가 문제만 아니었으면 후궁도 한 명만 들였을 것입니다."

"전하의 그런 조심성 덕분에 황실이 지금까지 평안했습니다. 그리고 앞으로도 잘 부탁드립니다."

의친왕이 펄쩍 뛰었다.

"부탁은 제가 드려야지요. 우리 제국이 오늘의 반석 위에 올라 있을 수 있었던 것은 총리님을 비롯한 마군 덕분 아닙니까?"

대진이 웃었다.

"하하하! 이제는 마군이라는 말도 어색한 시간이 되었습니다. 우리들은 이제 대한제국의 신민으로 그저 황실의 안녕과 나라의 번영을 위해 일로매진할 뿐입니다."

그 말에 의친왕의 용안에 미소가 지어졌다.

"고마운 말씀입니다. 과인이 훗날 나라의 대통을 잇더라도 언제까지나 그대들의 공을 잇지 않을 것입니다."

"황감하고 또 황감할 따름입니다."

두 사람은 이렇게 서로의 마음을 확인했다. 대진은 한동안 의친왕과 한담을 나눴으며 돌아오는 그의 입가에는 미소가 걸려 있었다.

12월 20일.

2대 황제의 즉위식이 거행되었다.

대한제국의 위상에 걸맞게 즉위식에는 세계 각국의 특사들이 대거 입국했다. 아울러 전 세계에서 수많은 기자들과 특파원들이 모여들었다.

즉위식은 천자의 예에 맞춰 장엄하고 엄숙하게 진행되었다. 모든 장면은 영상으로 촬영되었으며 라디오로도 생중계되었다.

신임 황제는 연호를 융희(隆熙)로 선포했다. 아울러 선황과 황후를 태황제와 태후로 받들었으며 의친왕을 황태제로 책봉해 대통을 제대로 정립했다.

드디어 융희 시대가 시작되었다.

대진도 황제가 바뀌는 것과 때를 같이해 물러나려 했다. 그러나 태황제와 황제는 물론 내각 전체가 사퇴를 만류하는 바람에 어쩔 수 없이 당분간 더 자리를 지키기로 했다.

해가 바뀐 1920년.

4월에 태황제가 붕어했다. 1년 가까이 자리보전하던 태황제는 끝내 기력을 회복하지 못했다.

그리고 며칠 후.

태황후도 자는 듯 붕어했다. 태황제와 태황후가 나란히 서거하면서 나라는 온통 슬픔에 잠겼다.

대진은 국장도감 도제조가 되었다.

산릉도감을 비롯한 각 부분의 책임자를 별도로 선정했다. 대한제국이 요양으로 천도하고 첫 번째 황릉을 조성하는 역사가 시작되었다.

요양 일대는 평원 지역이다.

그래서 황릉은 요양에서 조금 떨어진 천산산맥에 조성되었다.

예기(禮記)에 따르면 천자의 장례는 7개월이라 했다. 대한제국 최초의 황제의 장례도 이에 따라 11월에 거행되었다.

요양에서 천산산맥까지는 수십 킬로미터나 떨어져 있다.

그래서 대진은 별도로 철도를 부설하게 했다. 이렇게 한 까닭은 한양의 동구릉과 서오릉, 북경의 명십삼릉처럼 천산산맥 일원에 대규모 능원을 조성하기 위해서였다.

태황제와 황태후는 합장되었다.

대진은 국장도감 도제조로 하여금 처음부터 끝까지 장례를 주재했다. 그래서 장례가 치러지는 며칠 동안 천산산맥에 마련된 객사에 머무르다가 돌아왔다.

요양으로 귀환한 이틀 후.

대진이 황태제를 찾았다.

황태제가 먼저 인사했다.

"그동안 고생이 많았습니다."

"아닙니다. 제국의 신민으로서 당연히 해야 할 도리를 했을 뿐입니다."

대진이 본론을 꺼냈다.

"황명에 따라 앞으로 국정 현안을 황태제 전하와 논의하게 되었습니다."

"그렇지 않아도 어제 형님 폐하를 찾아뵈었더니 그런 말씀을 하시더군요. 그런데 과인이 그런 대임을 맡을 수 있을지 걱정입니다."

"별말씀을 다 하십니다. 전하께서 그동안 황태후마마를 위해 한껏 조심해 오셨다는 사실을 모르는 사람은 없습니다. 그리고 이제는 제국의 대통을 이으실 황태제가 되셨으니 좀 더 다른 행보를 하셔도 됩니다."

의친왕의 고개가 저어졌다.

"그래도 아직은 조심해야 할 거 같습니다. 형님 폐하께서 병중인 상황에서 제가 너무 설치면 그 또한 좋은 일은 아니지 않겠습니까?"

40대 초반의 황태제였다.

더구나 황제는 병약하고 다른 황자도 없는 상황임에도 황태제는 여전히 조심하려 했다. 그런 모습이 한편으로는 좋게 보였지만 한편으로는 안타깝기도 했다.

"전하, 그렇지 않습니다. 지금은 황실을 위해서라도 전하께서 어느 때보다 굳건하신 모습을 보여 주셔야 합니다. 그래야 신민들이 황실을 믿고 의지할 수 있습니다."

황태제가 잠시 생각했다.

"알겠습니다. 수상의 말씀 명심해서 차츰 고쳐 나가기로 하지요."

"감사합니다. 그리고 오늘은 이제는 해군으로 이름이 바뀐 수군에 대해 말씀을 드리려고 합니다."

"경청하겠습니다."

"본국이 지난 10여 년간 해군 함정을 꾸준히 신형으로 교체해 왔습니다. 그렇게 한 까닭은 앞으로 전개될 국제 환경에 선제적으로 대응하기 위해서였습니다."

"선제적 대응이라고요?"

"그렇습니다. 세계대전이 끝났음에도 연합국인 미국과 영국, 프랑스, 이탈리아는 건함 경쟁을 계속해서 이어 가고 있습니다. 그렇게 된 데에는 본국의 5만 톤급 대형 항공모함이 큰 역할을 하였고요."

"다른 나라에는 그만한 규모의 함정이 없습니까?"

"그렇습니다. 지금까지 개발된 함정 중 가장 큰 전함이 38,000에서 39,000톤급입니다."

"전함이 그 정도 규모라니 엄청나군요."

"그렇습니다. 반면에 본국은 12,000톤급 전함도 있지만 8,000톤급의 구축함이 주력이지요."

황태제가 지적했다.

"다른 나라 전함에 비해 너무 작지 않습니까?"

대진이 고개를 저었다.

"그렇지 않습니다. 절대 크기로 봐서는 엄청난 차이가 나지요. 그러나 보유한 화력과 장비로 보면 본국의 구축함 1척만 해도 다른 나라 대형 전함 10여 척은 충분히 상대할 수 있습니다."

황태제가 탄성을 터트렸다.

"오! 그렇습니까?"

"예, 본국은 30여 년 전부터 각종 신무기를 개발해 왔으며 그동안 모두 실전 배치를 했습니다. 그러나 유럽 3국과 미국은 아직도 거함 거포 경쟁을 버리지 않고 있습니다."

대진이 타국의 상황을 잠시 설명했다.

황태제가 크게 고개를 끄덕였다.

"문제이겠군요. 국가 예산의 20~30%를 전함 건조 비용으로 투입할 정도면요."

"그렇습니다. 건조 비용도 문제지만 유지 비용도 만만치 않습니다. 그래서 서양 4개국은 지금 엄청난 재정 압박에 시달리고 있고요."

"무언가 대책을 강구하려 하겠군요."

"그렇습니다. 이런 상황이 지속되면 저들은 분명 함정 건조를 일괄 제재하려는 군축을 시도하려 할 겁니다."

황태제가 고개를 갸웃했다.

"자국에 부담이 되면 자신들만 줄이면 되지, 그렇게까지 할 필요가 있습니까?"

"서로가 서로를 감시해야만 건함 경쟁을 중단할 수 있기 때문입니다. 그렇게 협정을 맺지 않으면 누구도 군비경쟁을 그만두지 않으려 할 것입니다."

황태제가 크게 고개를 끄덕였다.

"그렇군요. 상호 견제하지 않으면 경쟁을 중단하지 않겠네요."

"그래서 군비경쟁이 무서운 것입니다."

"총리님의 말씀대로라면 곧 군축 협상을 하자는 말이 나오겠군요."

"그렇게 될 것입니다. 국제연맹을 통할지, 아니면 별도의 자리를 마련할지는 분명하지 않습니다. 하지만 불원간 그 문제로 본국을 포함한 군사 강대국이 모임을 가질 것은 분명합니다."

"군축을 하게 되면 우리 제국에 불이익은 없습니까?"

대진이 싱긋이 웃었다.

"없도록 만들어야지요. 아니, 그렇게 되도록 우리는 10년 넘게 준비해 왔습니다. 그래서 별다른 불이익이나 피해는 보지 않을 것입니다."

대진이 준비 과정을 설명해 주었다.

황태제의 표정이 환해졌다.

"역시 총리님이십니다. 사전준비를 철저히 해 왔으면 군축 협상의 주인공은 우리가 되겠군요."

대진도 호탕하게 웃었다.

"하하하! 맞습니다. 미래는 준비하는 자의 것이라는 말대로 군축 협상이 시작되면 어렵지 않게 우리가 주인공이 될 것입니다."

"하하하! 그렇다면 다행입니다."

황태제도 호탕하게 웃었다. 그렇게 웃는 황태제의 용안에는 조금의 어둠도 보이지 않았다.

대진의 예상대로였다.

제1차 세계대전이 끝났음에도 승전국의 건함 경쟁은 줄어들지 않았다. 특히 대한제국의 5만 톤급 항공모함은 다른 나라들의 건함 경쟁을 촉발시켰다.

그러나 이러한 건함 경쟁은 승전국의 재정에 커다란 부담이 되고 있었다. 이때 미국에서 건함 경쟁이 이대로 지속되면 몇 년 사이 또다시 전쟁이 발발한다는 우려가 급속히 번졌다.

이런 상황에도 각국은 막대한 예산이 들어가는 초대형 전함을 계속 건조해 나갔다. 이러한 건함 경쟁에 선두 주자는 미국이었다.

미국은 1차 세계대전에서 막대한 수익을 얻어 냈다. 미국은 지금까지의 군사적 열세를 만회하기 위해 대대적으로 초대형 함정을 건조했다.

미국은 막대한 예산을 투입해 초대형 전함을 건조할 계획을 세웠다. 이러한 미국의 움직임은 대한제국과 영국을 동시에 견제하기 위해서였다.

영국도 가만있지 않았다.

영국도 미국과 대한제국을 동시에 상대하기 위한 전력을 수립하고 있었다. 그래서 미국에 못지않은 거함 거포 계획을 추진하고 있었다.

그러나 재정이 문제였다.

영국은 제1차 세계대전 이전에는 독일과 거함 거포 경쟁을 벌였다. 그러다 5년여의 전쟁에서 막대한 전비를 소모하는 바람에 예산이 부족했다.

그러던 중 미국의회가 미 행정부의 거함 건조 계획에 발목을 잡았다. 이러면서 미국과 영국에서는 군축에 대한 여론이 조성되었다.

그러던 1922년 초여름.

외무대신 김홍집이 총리실을 찾았다.

"총리님, 미국과 영국 공사가 연이어 찾아와 군축회의를 제안했습니다."

이미 예상하고 있던 상황이었다.

"외상께서 뭐라고 답변하셨습니까?"

"흔쾌히 좋다고 했습니다. 우리야 이미 10여 년 전부터 착실하게 준비해 왔는데 난색을 보일 필요가 없지 않겠습니

까? 그래서 두말하지 않고 동의했습니다."

"잘하셨습니다."

"그런데 회의 대표로 누가 나가면 좋겠습니까? 아무래도 군사 부문에 해박한 국방상이 좋겠지요?"

"해군 관련 군축회의입니다. 기왕이면 군무에 밝은 합참의장이 좋을 거 같습니다. 그 대신 실무협상에 임하는 비서관들은 외무부와 국방부의 중견 간부들로 충원하지요."

"그렇게 조치하겠습니다."

이러던 6월 중순.

중국으로부터 급보가 날아왔다. 급보는 국정원장 이동휘가 직접 들고 총리실을 찾았다.

"무슨 일입니까?"

이동휘가 보고했다.

"중국광동의 호법 정부에서 반란이 일어났다고 합니다."

대진이 큰 관심을 보였다.

"누가 일으킨 반란입니까?"

"광동군벌 진형명(陳炯明)이 손문이 주도하는 북벌에 반대해 반란이 일으켰다고 합니다. 그 바람에 손문이 광동을 탈출해 상해로 넘어갔고요. 그런 와중에 장개석(蔣介石)이 손문을 끝까지 보좌하면서 큰 신임을 얻게 되었다고 합니다."

장개석은 장차 국민당을 이끌면서 대총통이 되는 인물이

다. 그래서 대한제국이 예의 주시하던 중이었다.

그런 인물이 드디어 역사의 전면에 나선 것이다.

대진이 확인했다.

“장개석이 올해 몇 이지요?”

“33살입니다.”

“그 정도면 화려한 등장이라고 해도 과언이 아니네요. 장개석도 지금 손문과 함께 움직이고 있겠네요.”

“그렇습니다. 상해에서 열렬한 환영을 받으면서 권토중래를 노리고 있다고 합니다.”

“손문의 권토중래가 가능할까요?”

이동휘가 고개를 저었다.

“지금으로선 무리입니다. 손문을 축출한 진형명은 북양정부로부터 광동과 광서의 지배자로 인정받았습니다. 그래서 병력이 거의 없는 손문이 광동으로 돌아가기가 더 어렵게 되었습니다.”

“그렇군요. 우리도 적당한 시기에 대륙의 판도에 개입할 때가 되었는데, 이 원장이 보기에 언제가 좋을 거 같습니까?”

이동휘의 목소리가 높아졌다.

“저는 지금이 적기라고 생각합니다.”

“그래요?”

이동휘가 국정원의 계획을 설명했다.

대진이 지적했다.

“국정원은 북경의 북양 정부가 오래가지 못할 거라고 생각합니까?”

“인물들이 너무 많습니다. 그 바람에 힘을 결집시키지 못하고 있습니다.”

“역설적이네요. 인물이 너무 많아서 문제라니요.”

“그렇습니다. 지금이라도 집단지도체제를 구축한다면 광동의 호법 정부도 일거에 쓸어버릴 수 있습니다. 하지만 북양의 어느 군벌도 기득권을 놓지 않으려 하는 것이 문제입니다. 그런 탐욕이 끝내는 그들의 발목을 잡게 될 것입니다.”

대진이 결정했다.

“좋습니다. 우리의 국익을 위해서는 대륙이 통합되는 것이 좋지 않습니다. 그러니 이제부터는 대륙 정세에 개입해서 분할을 유도합시다.”

“최선을 다하겠습니다.”

“그리고 곧 군축회의가 열릴 겁니다. 그러니 회의에 참여하게 되는 대상 국가의 정보도 철저하게 입수해 놓으세요.”

“예, 총리님.”

대한제국이 원세개의 복권에 큰 도움을 준 적은 있었다. 그러나 그 일을 제외하고는 지금까지 대륙의 정세에 개입한 적이 거의 없었다.

국정원은 이전부터 요원을 파견하거나 주요 인물을 포섭해 놓고 있기는 했다. 그런 국정원이 움직이면서 대륙 상황의 변화가 시작되었다.

대륙에는 2개의 정부가 활동하고 있었다. 그럼에도 모두 중화민국의 국호를 사용하고 있었다.

군벌들도 각 성별로 독립 세력이었으나 명목상으로는 중화민국의 그늘 아래에 있었다. 그러던 분위기가 국정원이 활동하면서 독립하자는 움직임으로 나타나기 시작했다.

조금씩, 차곡차곡 변화하였다.

7장

1922년 10월 하순.

대진이 합참의장과 면담했다.

합참의장 백성기(白性基)는 마군이 처음 무관을 양성할 때 군문에 들었다. 그리고 대한제국이 치러 왔던 모든 전투에 참전하며 경력을 쌓은 백전노장이었다.

대진이 환대했다.

"어서 오시오, 백 의장."

"충성! 오랜만에 뵙습니다, 총리님."

"그러고 보니 몇 달 만이네요."

"그렇습니다."

"오늘 합참의장을 보자고 한 것은 워싱턴에 개최하는 군축회의 때문입니다. 어떻게, 준비는 잘하고 있습니까?"

"보좌관들과 그에 대한 회의를 하고 있습니다. 며칠 전부터는 각국이 사전에 제출한 보유 함정에 관한 서류를 검토하고 있었습니다."

"그랬군요. 대형 함정이 많지요?"

백성기가 놀란 표정을 지었다.

"미국과 영국에 3만 톤급 초대형 함정이 10척 가까이 될 줄 몰랐습니다. 프랑스와 이탈리아도 2척이나 되고요."

"모두가 거함 거포 경쟁의 산물이지요."

"그러게 말입니다. 그리고 저들이 보유한 함정 목록을 보니 미국과 영국은 보유한 함정을 없애려고 하지 않을 거 같습니다."

"아마도 그럴 겁니다. 그래서 저들과의 협상 전략에 사용하기 위해 1만 톤급 이상의 구식 함정 5척을 일부러 퇴출시키지 않았던 것입니다. 반면에 지난 10여 년 동안 8,000톤급 구축함을 주력으로 건조하였던 것이고요."

"총리님의 전략이 통하려면 주력 함정의 기준을 무조건 1만 톤급으로 규정해야 하겠습니다."

대진이 주먹을 쥐었다.

"바로 그 점이 핵심입니다. 미국과 영국은 분명 본국의 항모를 견제하려 할 겁니다. 그런 양국에 맞서기 위해서라도 주력 함정의 기준을 1만 톤에 맞춰야 합니다. 그렇게만 된다

면 본국은 군축에서 완전히 자유로울 수 있습니다."

"알겠습니다."

"우리 제국이 이번 군축회의에 주목하는 까닭은 앞으로 건조하게 될 강습상륙함 때문입니다. 합참의장께서도 강습상륙함에 대해서 알고 계시지요?"

"물론입니다. 앞으로 해병대가 주력으로 운용할 함정으로 알고 있습니다."

"본국은 영토 수호를 위해 9,000톤급 강습상륙함을 대거 건조하려고 합니다. 이 함정에는 해병대 1개 대대 병력과 전차와 장갑차, 트럭 등의 각종 장비를 선적합니다. 아울러 이번에 실전 배치되는 헬리콥터도 5~10기를 탑재할 것이고요."

백성기가 눈을 빛냈다.

"이번에 개발된 헬리콥터를 직접 탑승해 봤습니다. 놀랍게도 너무도 안정적이어서 그 효용가치가 앞으로 무궁무진할 거 같았습니다."

대진이 놀랐다.

"백 의장께서 헬기를 벌써 시승하셨군요."

"그렇습니다. 앞으로 전군에 대량으로 사용될 헬기인데 당연히 합참의장인 제가 직접 타 봐야지요."

"대단하군요. 저도 아직 헬기를 시승하지 않았는데 의장께서 타 보셨을 줄은 몰랐습니다."

"저뿐이 아닙니다. 한 번이라도 마군이 운용하는 헬기를 타 본 지휘관들은 그 가치를 분명히 각인하고 있습니다. 헬기는 앞으로의 전쟁에서 막대한 역할을 하게 될 것이 분명합니다."

대한제국 장교가 장성이 되면 제7기동함대를 방문한다. 그런 장성 진급자들은 한 달 동안 마군의 선진기술을 직접 경험하게 된다.

그리고 진급할 때마다 다시 일정 기간 교육을 받으면서 첨단기술을 익혀 왔다. 이런 경험을 통해 대한제국 장성들은 어느 나라와의 전쟁에서도 필승한다는 자신감을 갖게 된다.

마군이 도래한 지 많은 시간이 흘렀다.

그동안 V-22를 비롯한 대부분의 헬기들은 퇴역해서 기술 발전에 표본 역할을 하고 있었다. 다행히 아직까지 일부 헬기는 운용이 가능해서 장성들이 직접 시승할 수 있었다.

백정기가 자신의 경험담을 잠깐 설명했다.

"……저를 비롯한 우리 군의 최고 지휘관들은 헬기의 보급이 우리군의 전투력을 한 단계 상승시킬 것이라고 확신합니다."

대진도 동조했다.

"맞는 말입니다. 헬기는 육군은 물론이고 해군과 해병대의 전투력 증강에 지대한 공헌을 하게 될 겁니다. 그리고 헬기 제작 기술은 적어도 수십 년을 우리가 독점하게 될 것이고요."

"그래서 각 군에 지시해 헬기를 대상으로 한 전투교리를 새로 정립하고 있습니다."

"잘하셨습니다."

며칠 후.

백성기와 협상단이 비행선을 타고 태평양을 건넜다. 그렇게 샌프란시스코에 도착한 협상단은 다시 미국의 비행선을 타고 워싱턴으로 건너갔다.

이렇게 시작된 군축회의는 각국의 이해관계가 첨예하게 대립하면서 해를 넘겼다. 그런 군축회의가 결론을 맺은 것은 2월이 되어서였다.

대진이 협상을 마치고 돌아온 백성기와 협상단을 환대했다.

"어서 오세요. 그동안 고생이 많았습니다."

"아닙니다. 다행히 협상단의 활약으로 본국이 계획했던 목표를 완수할 수 있었습니다."

대진이 주문했다.

"무전으로 대강의 경과보고는 받았지만 직접 듣고 싶네요."

이 말에 장교 한 명이 일어났다.

장교가 자신을 소개했다.

"충성! 소령 김좌진! 총리님께 경과보고를 하겠습니다."

대진이 놀라 그를 바라봤다.

30대 초반의 김좌진은 대진과 눈을 마주쳤음에도 자세 하나 흐트러지지 않았다. 그런 모습에 절로 흡족한 미소를 지은 대진이 승낙했다.

"좋아! 그렇게 하게."

"감사합니다. 우선 주력 함정의 기준을 1만 톤으로 결정했습니다. 이 기준은 우리뿐이 아니라 주요국 모두 동조해서 쉽게 결정되었습니다. 그리고 앞으로 10년간 주력함의 신규 건조를 중단하도록 합의했습니다."

이렇게 시작된 보고는 한동안 시작되었다. 대진은 김좌진의 보고를 받다가 수시로 질문했다.

대진이 지적했다.

"가장 중요한 부분은 주력함과 항모의 보유 비율이었어. 그 부분을 미국 · 영국 · 우리가 5 : 5 : 5로 했다는 것인가?"

"그렇습니다. 처음에는 영국이 그에 대한 비율을 거부했습니다. 그러나 미국이 강력히 반발하면서 3국 공히 52만 5,000톤으로 정했습니다. 그리고 항모의 보유 한도는 본국이 보유한 21만 톤으로 결정되었습니다. 그러면서 미국과 영국은 건조 중인 전함을 항공모함으로 개장할 수 있도록 예외 규정을 두었고요."

"우리의 항공모함 보유 대수를 맞추려는 규정이구나."

"그렇습니다. 미국과 영국은 아직 정식 항공모함을 건조하지 않고 있었습니다. 그러다 이번 군축회의를 거치면서 정식 항모건조를 본격화하게 되었습니다."

대진이 확인했다.

"주력 함정보다 작은 함정은 규제하지 않았지?"
"그렇습니다."
크게 치하했다.
"아주 잘했어. 그 정도면 본국이 세운 계획대로 되었어."
"감사합니다."
대진이 합참에 지시했다.
"기존의 1만 톤이 넘는 구형 전함은 바로 퇴역 조치하세요. 그리고 앞으로 10년 동안 우리의 주력 구축함인 8,000톤급을 21척, 9,000톤급 강습상륙함을 6척 건조하세요. 그렇게 건조된 함정은 각 함대와 해병대에 배정하고요."
대한제국은 영토가 넓어지면서 함대도 재편되었다. 본토에는 1, 2, 3함대를, 태평양은 2개 함대가 배치되었으며, 대만과 중동에도 별도의 함대가 배치되어 있었다.
백성기가 확인했다.
"육군도 보강해야 하지 않겠습니까?"
"물론이지요. 육군은 각 군마다 1개 군단을 기계화군단으로 육성할 겁니다. 아울러 특공여단과 특전사령부도 대폭 보강할 예정이고요. 무엇보다 헬기가 보급되면 별도의 육군항공대를 각 군별로 창설해서 전투력을 증강시킬 겁니다."
대진이 군사력 증강 계획을 설명했다.
백성기의 눈이 커졌다.
"총리님, 말씀대로라면 막대한 예산이 투입되어야 하는데 가능하겠습니까?"

"가능하고말고요. 합참의장께서는 우리 대한제국의 국부펀드가 얼마인지 아시지요?"

"그렇습니다."

"우리는 지난 30여 년 동안 꾸준히 국부펀드를 키워 왔습니다. 그런 국부펀드로 전 세계를 대상으로 투자하여 막대한 수익을 거두고 있지요. 미국의 금융시장에도 상당한 자본이 투자되어 있어서 거기서도 엄청난 수익을 보고 있고요. 그 자금만 해도 충분히 군사 예산을 감당할 수 있지요."

"하지만 국부펀드는 모든 신민을 위한 자금입니다. 그런 자금을 군사력 증강에 투입한다면 반발이 나올 수 있지 않겠습니까?"

대진이 고개를 저었다.

"전혀 문제가 되지 않아요. 처음 국부펀드를 조성할 때 이러한 상황을 예상하고 특별 규정까지 만들어 두었습니다. 그리고 미국과 영국에 투자한 자금의 수익만으로도 가능한 계획이니 자금은 신경 쓰지 마세요."

백성기가 다시 놀랐다.

"투자수익이 그렇게 좋습니까?"

"미국은 지금 연평균 경제성장률이 9~10%에 이를 정도의 초호황기입니다. 그리고 영국은 유럽을 상대로 한 금융시장이 엄청나게 활황을 유지하고 있고요."

“그렇다는 말은 저도 들었습니다. 그런데 그에 따른 수익을 우리가 보고 있을 줄 몰랐습니다.”

대진이 크게 웃었다.

“하하하! 그게 다 오래전부터 꾸준히 투자를 해 온 덕분이지요. 그리고 미국, 유럽과의 합작도 대성공을 거두고 있지 않습니까?”

“자동차가 1년에 100만 대 이상 팔리고 있다는 말은 들었습니다.”

“그뿐이 아닙니다. 석유화학산업은 우리가 미국을 완전히 제쳤을 정도예요. 그러니 자금은 걱정 마세요.”

백성기의 표정이 더없이 환해졌다.

“하나같이 감사한 말씀입니다. 총리님께서 이렇게 장담을 하시니 저도 그렇지만 우리 군은 더 바랄 게 없습니다.”

“예, 그러니 국토방위에만 일로매진하세요. 뒤는 나를 비롯한 내각과 신민들이 든든하게 받쳐 줄 겁니다.”

“알겠습니다.”

다음 날.

대한제국에서 발행하는 모든 신문의 1면이 워싱턴군축조약 결과로 덮였다. 조약이 발효되면서 대한제국은 발 빠르게 움직였다.

가장 먼저 노후 함정을 모조리 퇴역시켰다. 그러고는 함정

건조 계획에 따라 구축함 등을 발주했다.

육군도 현대화 개혁에 맞춰 전차와 야포를 비롯한 각종 군사 장비 개발에 들어갔다. 군사 장비 개발의 정점은 미사일과 무선통신이었다.

대한제국은 지속적인 노력으로 사거리 100킬로미터의 다용도 미사일을 개발해 냈다. 이 미사일의 개발로 대한제국 해군과 공군의 전투력은 극상승했다.

아울러 니콜라 테슬라가 개발한 레이더와 무선통신은 대한제국 군사력을 최강으로 만들었다.

경제도 최고로 성장하고 있었다.

마군이 도래한 지 50여 년이 지나면서 기반 기술이 제대로 갖춰졌다. 아울러 미래 기술과의 격차도 급속히 줄어들었다.

아직까지 전자 시대로 완전히 넘어가는 수준은 아니었다. 그럼에도 미래 기술이 제대로 접목되면서 대한제국의 기술력은 세계 최고라 해도 과언이 아닐 정도로 자리를 잡았다.

그런 기술력을 바탕으로 국가 경제는 급격히 발전하고 있었다. 그러면서 대외무역 또한 막대한 수익을 거두면서 승승장구하는 중이었다.

이러던 6월.

북방에서 속보가 전해졌다.

비서실장이 대진에게 보고했다.

"총리님, 볼셰비키 정권에 대항하던 마지막 백군이 항복했습니다."

대진이 크게 아쉬워했다.

"아! 좀 더 오래 끌었으면 좋았을 것을. 노동자, 농민의 지지를 받은 볼셰비키가 승자가 되는 것은 기정사실이었지만 아쉽네."

"그러게 말입니다. 5년 동안 이어지던 내전이 막을 내렸습니다."

"내전이 끝났다 해도 러시아 내정이 완전히 안정되려면 시간이 더 필요할 거야. 그런 와중에 월경하는 러시아인들이 있을지 모르니 국경부대에 연락해 경계에 특히 신경 쓰라고 하게."

"알겠습니다."

러시아 내전은 대한제국에도 많은 영향력을 끼쳤다. 우선은 외 만주 지역을 수복하면서 고토 수복의 원대한 꿈이 달성되었다.

아울러 기존에 불명확했던 국경선도 확실히 정리되었다.

이런 와중에 러시아 백군을 지지했던 다수의 러시아인들이 국경을 넘어왔다.

국경을 넘어온 숫자는 상당했다.

우선 외 만주 지역에 이주해 있던 우크라이나 출신을 포함한 숫자가 100만을 훌쩍 넘겼다. 아울러 외 만주 지역에 집단으로 거주하던 유대인 수만 명도 자연스럽게 정착하게 되었다.

대한제국은 조건을 달고 이들을 받아들였다.

우선 우리말과 글을 배우게 했다. 그리고 다른 국민과 마찬가지로 국가가 부여한 국민의 의무를 지도록 했다.

그 대신 혜택도 주었다.

대한제국은 수복된 지역에도 토지개혁을 실시했다. 그리고 부호의 토지를 모조리 몰수해서 이주민들에게 균등 배분해 주었다.

대한제국의 이 조건과 조치에 이주민들은 쌍수를 들어 환영했다. 그러고는 자발적으로 병력을 모아 국경 방어에 도움을 주기까지 했다.

대한제국은 처음부터 인구증가를 위해 국가적인 노력을 시행하고 있었다. 인구증가를 위해서는 위생 개념과 국민 개인의 건강증진이 필수였다.

그 일환으로 처음부터 주민들의 의식 개혁부터 시작했다. 그 결과 위생 개념이 안착되었으며 의료 수준도 비약적으로 발전할 수 있었다.

덕분에 해마다 인구가 폭증하면서 지금은 8,000만 명이 넘었을 정도가 되었다. 이 중에는 요동요서의 한족과 러시아와 우크라이나인 같은 외부 유입 인구도 다수 있기는 하다.

그럼에도 인구가 몇 배나 늘어날 수 있었던 까닭은 지속적

인 정책 덕분이었다. 국가 차원에서 실시해 온 인구증가 정책이 제대로 꽃을 피운 것이다.

그래서 한 집에 4명의 자녀는 기본이었으며, 7~8명의 자녀를 둔 경우도 많았다.

대한제국은 다자녀가정에 각종 혜택을 시행하고 있다. 셋째부터는 쌀 1섬과 미역을 무상으로 지급했으며 넷째부터는 학비도 면제해 주었다.

병원에서의 각종 예방접종도 무상으로 실시하고 있었다. 이런 지원 덕분에 영유아의 사망률이 급격히 떨어지면서 인구증가에 결정적 공헌을 했다.

아울러 아이는 태어날 때 다 제 몫을 갖고 나온다는 말이 유행되기까지 했다.

몽골은 대한제국의 보호령이다.

몽골에는 자치 정부가 있어서 외몽골을 통치했으며 지도자는 복드 칸이다. 복드 칸은 칭기즈칸의 후예로 몽골의 종교 지도자이며 환생으로 계승되는 '젭춘담바 후툭투'이기도 하다.

복드 칸은 대한제국의 도움을 받아 자치 정부의 지도자가 되었다. 그런 복드 칸이 대한제국의 보호령을 벗어나려 했다.

대한제국은 이런 복드 칸의 행태를 탐탁지 않게 생각하고 있었다. 청국을 무력화하기 위해 몽골을 독립시켰으나 몽골이 손아귀에서 벗어나는 것은 바라지 않았기 때문이다.

그렇다고 해서 기왕 실시된 몽골의 자치를 회수하려 하지는 않았다. 그 대신 국경 방어를 이유로 몽골 외곽에 2군의 주력을 배치했다.

그러다 러시아 내전이 발발했다.

대한제국은 국경 경비를 강화하면서 병력을 몽골에 더 많이 배치했다. 그로 인해 복드 칸의 일탈행위는 큰 제약을 받게 되었다.

복드 칸은 이런 상황이 견딜 수 없이 싫었다.

더구나 대한제국은 러시아 내전이 끝났음에도 병력을 원래대로 회복하지 않았다. 아직은 어수선한 러시아를 지속적으로 감시하기 위함이었다.

그러나 이런 사정을 알 리 없는 복드 칸은 어떻게 해서든 지금 상황을 벗어나고 싶었다.

이러한 시기 복드 칸에게 은밀히 접근하는 자가 있었다.

"처음 뵙겠습니다. 허를러깅 처이발상입니다."

복드 칸이 의문을 품고 바라봤다. 20대 청년이 자신을 찾아온 것이 의아했기 때문이다.

"무슨 일로 나를 찾아온 것인가?"

"저는 잘못된 초원의 역사를 바로잡기 위해서 대 칸을 찾아뵈었습니다."

"잘못된 역사를 바로잡기 위해 나를 찾아왔다고?"

“그렇습니다, 칸이시여. 우리는 위대한 초원의 전사들입니다. 그런 우리가 언제까지 한국의 속국처럼 살 수는 없지 않겠습니까?”

복드 칸의 안면이 일그러졌다.

“말을 조심하라, 속국이라니. 우리 몽골은 단지 한국의 도움을 받고 있는 것뿐이다.”

처이발상이 두 손으로 바닥을 짚었다.

“칸이시여, 어쨌든 우리 초원에서 한국을 몰아내야 하는 것은 천명이지 않습니까?”

복드 칸도 인정했다.

“그건 그렇다. 짐은 그동안 초원에서 한국을 몰아내기 위해 많은 노력을 했다. 그러나 안타깝게도 짐의 노력이 제대로 성과를 거두지 못하여서 이 지경까지 오게 된 것이다.”

“모두가 우리가 제대로 칸을 모시지 못했기 때문입니다.”

복드 칸이 한숨을 내쉬었다.

“후우! 아니다. 짐이 부덕해서 하늘의 뜻을 받들지 못하고 있는 것이다.”

복드 칸이 몇 번이고 자책했다.

그 모습을 바라보던 처이발상이 눈을 빛냈다. 처이발상의 목소리가 낮아졌다.

“칸이시여, 소인에게 난국을 벗어날 묘책이 있는데 들어보시겠는지요?”

복드 칸의 귀가 쫑긋했다.

"무슨 묘책인지 말을 해 보게."

"러시아 정부가 우리의 독립에 전적으로 도움을 주기로 했습니다. 각종 군수 장비는 물론이고 필요하면 전차까지 지원해 주겠다고 했습니다."

복드 칸이 벌떡 일어났다.

"전차까지 지원해 준다고?"

"그렇습니다."

복드 칸이 서성이며 고심했다.

"한국의 병력이 국경에 10만 이상이 주둔하고 있다. 더구나 그런 병력 중 상당수는 중화기로 무장하고 있고. 그런 한국과 전투를 벌여 승리할 수 있을까?"

처이발상의 몸이 다시 숙여졌다.

"러시아의 지원만으로는 부족할 것입니다. 그래서 저는 이번에 중국에서 강력한 우군을 끌어들이려고 합니다."

복드 칸이 우뚝 멈췄다. 그렇게 몸을 돌린 그의 표정은 더없이 붉어져 있었다.

"중국을 끌어들이려 하다니. 그게 얼마나 위험한 일인지 모르는가? 잘못했다간 늑대를 피하려다 범을 불러들이는 꼴이 될 수도 있어."

처이발상이 강조했다.

"지금의 난국을 타개하기 위해서는 적이라도 손잡아야 하

지 않겠습니까? 이대로 아무 대책도 없이 시간을 보낸다면 주민들의 지지까지 잃어버릴 우려가 있습니다. 칸께서도 아시겠지만 한국의 정책이 초원부족에게 아주 유리하게 되어 있지 않습니까?"

그의 말대로 대한제국은 몽골 초원부족에게 많은 지원을 해 주고 있었다. 그런 지원 중에서 몽골부족이 부족한 식량을 거의 원가에 공급해 주면서 엄청난 지지를 받고 있었다.

"으음!"

이 생각이 떠오르자 복드 칸이 절로 침음이 흘러나왔다.

복드 칸의 반응이 처음과 달라진 것을 확인한 처이발상이 더 강력히 나갔다.

"칸이시여, 지금이 아니면 기회가 없습니다. 중국의 지원도 더 이상은 기대할 수 없게 되고요."

고심하던 복드 칸이 질문했다.

"병력을 얼마나 모을 수 있겠나?"

"당장은 1~2천 정도입니다. 하지만 중국이 가세하고 칸께서 초원부족에게 밀지를 내린다면 지원병은 급격히 불어나게 되어 있습니다."

처이발상은 공산주의자다. 그런 자가 종교 지도자를 겸하는 복드 칸을 설득하는 것은 명분을 얻기 위해서였다.

고심하던 복드 칸이 결정했다.

"좋아! 그대 말대로 해 보겠네."

처이발상이 급히 몸을 숙였다.

"현명한 결정을 하셨습니다. 칸의 이번 결정으로 몽골은 진정한 독립을 쟁취할 것입니다."

복드 칸은 그 자리에서 친서를 작성했다. 그리고 사람을 시켜 몽골의 유력 부족에게 보내게 했다.

복드 칸의 지지를 받은 처이발상은 신속히 움직였다. 그는 직접 러시아로 넘어가서는 대량의 군사 무기를 받아 돌아왔다.

이러한 움직임은 빠짐없이 포착되어 대진에 보고되었다. 국정원장으로부터 보고를 받은 대진의 이마가 절로 찌푸려졌다.

"우려하던 일이 발생했군요."

"예, 공산주의자인 처이발상이 러시아를 등에 업고 반란을 일으키려 하고 있습니다. 더 큰 문제는 단기서의 측근이며 안휘 지역의 군벌인 서수쟁(徐樹錚)이 반란에 참여한다는 사실입니다."

"중국에서 올라온 병력이 얼마나 될 거 같습니까?"

"대략 1개 사단 정도는 될 거 같습니다."

"그렇다면 처이발상의 병력까지 2~3만은 된다는 말이군요."

"그렇습니다."

대진이 비서실장에게 지시했다.

"당장 2군 사령관을 불러들이도록 하게."

"예, 알겠습니다."

다음 날.

항공기를 타고 온 2군사령관이 대진의 집무실을 방문했다. 집무실에는 국방대신을 비롯해 국정원장과 합참의장이 배석해 있었다.

"충성! 오랜만에 뵙습니다, 총리님."

"어서 오시게."

2군사령관이 착석하자 합참참모가 상황을 보고했다. 귀환하기 전에 미리 상황 보고를 받은 2군 사령관이 사과했다.

"제 관할에서 불미한 일이 발생해 송구합니다."

대진이 손을 저었다.

"아니야. 어차피 한 번은 겪고 넘어가야 할 일이었어. 그래서 국정원에서 요주의 인물을 계속해서 주시해 왔지."

국정원장이 설명했다.

"본래는 담딘 수흐바타르라는 자와 함께 반란을 계획했습니다. 그러다 수흐바타르가 결핵으로 사망하면서 처이발상이 혼자 모략을 꾸미고 있는 상황입니다."

2군 사령관이 질문했다.

"반군의 규모가 얼마나 됩니까?"

"처음에는 2,000여 명이었습니다. 그러다 복드 칸이 친서를 유력 부족에게 보내면서 병력이 급증하는 추세입니다."

국정원장이 상황을 설명했다.

2군 사령관이 대진을 바라봤다.

"총리님, 명령만 내려 주십시오. 당장 병력을 끌고 내려가 전멸시켜 버리겠습니다."

대진이 손을 들었다.

"우선은 지켜보세요. 몽골에서 반란이 일어난 것은 안타까운 일입니다. 그것도 공산주의자가 일으켰으니 심각한 상황임이 분명합니다. 그러나 이 일은 우리에게 또 다른 기회입니다."

국방대신이 나섰다.

"철저하게 궤멸시켜 본국에서 암약하는 공산주의자들에게 경고하려는 것이군요."

"그래요. 러시아 내전에서 볼셰비키가 승리하면서 본국 내부에도 공산 세력이 차츰 세력을 넓히고 있습니다. 공산주의 사상을 갖는 것은 개인의 자유이니 뭐라 할 수는 없어요. 그러나 불법파업이나 반란을 일으키는 경우는 어떠한 경우라도 발본색원해야 합니다. 그래서 몽골의 반란을 강력히 진압하면서 국내 공산주의자들에게 경종을 울리려고 합니다."

합참의장 백성기가 나섰다.

"차라리 공산주의를 금지하는 것이 좋지 않겠습니까?"

대진이 고개를 저었다.

"시기상조입니다. 공산주의를 금지하거나 탄압하게 되면 지하로 숨어들게 됩니다. 그렇게 되면 큰 곤욕을 치를 수 있으니 우선은 지켜봅시다."

국방대신 서영식도 우려했다.

"군대로 공산 사상이 전파될 수도 있어서 걱정이기는 합니다."

대진의 눈에서 불이 일었다.

"군은 절대 중립을 지켜야 합니다. 그러니 어떠한 경우라도 정치 활동을 할 수 없습니다. 만일 공산 사상을 전파하는 자가 있다면 무조건 반역죄와 같이 처벌하세요. 용서는 없습니다."

대진의 단호한 말에 집무실 분위기가 갑자기 차가워졌다. 대진이 참석자들을 둘러보며 다시 강조했다.

"이는 내각도 마찬가지입니다. 대한제국 공무원은 오직 국가와 민족만을 위해 살아가야 합니다. 만일 공산 사상에 물들거나 해서 자신의 직분을 망각하는 짓을 저지른다면 최고의 형률로 다스릴 것입니다."

서영식이 다짐했다.

"국방부와 합참을 비롯한 군에서 그런 일이 발생하지 않도록 최선을 다하겠습니다. 아울러 그런 일이 발생할 낌새라도 있다면 철저하게 가려내어 조치하겠습니다."

"그렇게 하세요. 적어도 20~30년은 군이 국가의 중심이 되어야 합니다. 그런 군은 어떤 일이 있더라도 흔들리지 말아야 하고요."

"명심하겠습니다."

대한제국은 은밀하게 움직였다. 그러다 보니 몽골 반란을 눈치채지 못한 것처럼 비쳤다.

처음에는 조심하던 처이발상은 시간이 지날수록 노골적으로 움직였다.

복드 칸도 처음과 달리 반란을 적극 지지하면서 반군은 급격히 세력을 불렸다. 여기에 대륙에서 은밀하게 넘어온 서수쟁의 사단 병력이 동조하면서 몽골 반군의 기세는 하늘을 찌를 듯 높아졌다.

그러나 반군의 기세는 오래가지 않았다.

어느 그믐날 밤 새벽.

몽골 반군은 몽골의 수도인 고륜 옆의 넓은 평원에 집결해 있었다. 반군은 만일에 대비해 사방에 첨병을 보내 놓고 있었다.

몽골 병사들의 시력은 상상 이상으로 좋다. 그런 병사들이 첨병으로 나가 있었기 때문에 반군은 안심하고 있었다.

이러한 몽골 반군의 주둔지로 하늘에서 몇 개의 점멸하는 불빛이 다가왔다. 조용히 다가온 불빛은 반군이 주둔한 권역에 넓게 퍼졌다.

그믐이었기에 지상에서는 다가오는 불빛을 본 반군은 거의 없었다. 이렇게 다가온 불빛은 대한제국군이 보유하고 있던 비행선이었다.

어느 순간.

불빛만 깜빡이던 비행선에 불이 들어왔다. 그와 동시에 하부의 폭탄창이 개방되어서는 수십 발의 폭탄을 투하하고는 사방으로 흩어졌다.

꽈꽝! 화악! 꽈꽝! 화악!

투하된 폭탄은 소이탄이었다.

이 소이탄은 각종 유지와 특수 성분을 혼합해 이전보다 화력이 훨씬 강력해졌다. 그런 소이탄이 깊은 잠에 빠진 몽골 반군 위로 투하되면서 지상에서 이내 불기둥이 치솟았다.

"으악!"

"사람 살려!"

그야말로 자다가 날벼락이었다.

5척의 비행선 1척당 수십 발의 소이탄을 투하했다. 이러한 비행선의 소이탄 폭격은 두 번에 걸쳐 진행되었다.

이것으로 끝이었다.

소이탄 한 발은 반경 30미터를 초토화했다. 그런 소이탄이 수백 발 투하된 지상은 불지옥이나 다름없었다.

엄청난 인명피해가 발생했다.

반군 지휘관인 처이발상은 첫 번째 폭격에 폭사했다. 아울러 대부분의 반군도 두 번째 폭격을 견디지 못하고 죽어 나갔다.

"뭣이 어쩌고 어째!"

잠자리에서 보고받은 복드 칸은 놀라 벌떡 일어났다. 그리고 급히 의복을 갖춰 입고 군영으로 달려갔다.

"아아! 이럴 수가."

며칠 전 자신이 방문했을 때만 해도 군영은 온통 병사들로 북적였다. 그런 병사들은 하나같이 굳센 기세를 피워 올려서 지나가는 것만으로도 기운이 승천할 지경이었다.

그러나 눈앞에 펼쳐진 현실은 지옥도였다. 시선이 닿는 범위 끝까지 검붉은 불길이 치솟고 있었으며, 죽어 널브러진 병사들의 시신이 온 사방에 널브러져 있었다.

"……."

처음에는 신음 소리라도 나왔다. 그러나 시간이 지날수록 복드 칸의 입은 그저 벌려져 있을 뿐이었다.

꽈광!

이때였다.

뒤에서 갑자기 엄청난 폭발음이 들렸다. 복드 칸이 놀라 뒤를 돌아보니 한 곳에서 엄청난 불길이 치솟았다.

"저, 저기가 어디냐?"

"칸의 여름궁전 같습니다."

복드 칸은 여름과 겨울 2개의 궁전을 사용하고 있었다. 그 중 지금은 계절상 사용하지 않고 있는 여름궁전이 폭발하면서 불길이 치솟은 것이다.

"아아!"

경고였다.

대한제국이 복드 칸의 삿된 욕망을 경고하는 폭격을 시행한 것이다.

그런 사정을 짐작한 복드 칸의 안색은 시꺼멓게 죽어 버렸다.

망연자실해서 겨울궁전으로 돌아온 복드 칸은 와병에 들어가 얼마 후 병사했다.

탕!

폭격이 있던 날 밤.

북경에 있는 서수쟁의 저택에서 한 발의 총성이 울렸다. 군벌답게 경계가 상당한 서수쟁의 자택에 자객이 숨어 들어가 그를 사살한 것이다.

이 일로 북경이 발칵 뒤집어졌다.

그러나 서수쟁의 저격범은 끝내 잡지 못했다.

며칠 후.

대진이 공개적으로 경고했다.

"대한제국의 국방력은 세계 최상이다. 앞으로 대한제국에 삿된 모략을 행하는 나라나 사람이 있다면 결코 용서하지 않겠다."

이 경고가 일파만파로 번졌다. 그러나 어느 나라도 대진의 경고에 공개적으로 반발하지 못했다.

그렇게 큰 시련이 지나갔다.

그리고 몇 년 동안 대한제국에는 별다른 문제가 발생하지 않았다. 나라가 평안해지면서 경제 발전은 이전보다 훨씬 급속도로 진행되었다.

그러던 1926년.

나라에 큰일이 발생했다.

늘 병약해서 모든 사람에게 걱정을 끼쳐 왔던 황제가 끝내 병환을 이기지 못하고 훙서한 것이었다.

황제가 훙서한 날 밤.

대진은 다음 날이면 황제로 즉위할 황태제와 독대를 했다.

"이렇게 뵙게 되어 참으로 황망합니다. 전하께 무어라 위로의 말씀을 드려야 할지 모르겠습니다."

황태제가 착잡해했다.

"우리 모두 예견하던 일이었습니다. 형님 폐하께서 좀 더 계셔서 나라를 이끌어 주셨으면 좋았지만 정해진 수명이 이 정도이니 어쩌겠습니까?"

황제는 즉위한 이후에도 늘 병환에 시달렸다. 그런 와중에 몇 번의 고비를 넘겨 왔다.

대진이 몇 마디 위로를 하고 본론으로 들어갔다.

"전하께서는 우리가 다른 세상에서 왔다는 사실을 아실 겁니다."

"예, 처음에 그 말을 듣고 얼마나 놀랐는지 모릅니다."

"그러셨겠지요. 다행히 두 분의 황제께서 잘 받아 주셔서 오늘의 우리가 있게 되었습니다. 이제는 함께 넘어온 마군의

절반 이상이 불귀의 객이 되었지만 말입니다."

"총리를 비롯한 그분들이 있었기에 오늘날의 우리 제국이 되었습니다. 그 점에 대해 과인은 진심으로 감사하고 있습니다."

황태제가 고개를 숙였다.

대진이 급히 만류했다.

"이러시면 아니 됩니다. 이제 전하께서는 만인지상이 되셨습니다. 그러니 앞으로는 몸가짐도 더 각별하셔야 합니다."

"알겠습니다. 앞으로는 그렇게 하지요."

대진은 급히 자신의 잘못을 인정하는 황태제의 모습이 기꺼웠다. 미소를 짓고 있는 대진을 본 황태제의 입가에도 미소가 걸렸다.

잠시 미소 짓던 대진이 입을 열었다.

"신은 이번에 자리를 물러나려고 합니다."

황태제가 깜짝 놀랐다.

"그게 무슨 말씀이십니까? 용퇴하시다니요. 천부당만부당입니다."

대진이 고개를 저었다.

"신의 나이가 벌써 팔순입니다. 수상에 재임한 지도 벌써 20여 년이고요. 신이 아무리 잘했다고 해도 너무 긴 시간입니다. 고인물은 썩기 마련입니다. 그러니 신의 퇴진을 가납해 주십시오."

"시간이 무슨 상관입니까? 황희 정승께서는 23년 동안 세

종황제를 보필하셨습니다."

대진이 고개를 저었다.

"아닙니다. 새 술은 새 부대에 담으라고 했습니다. 지난 시간은 저의 시간이었지만 앞으로의 시간은 전하와 새로운 총리의 시간입니다. 그리고 신은 할 일이 따로 있습니다."

"무슨 일을 하실 겁니까?"

"전례에 따라 제국의회 의장이 되어야겠지요. 그리고 국부펀드 이사회의 의장을 맡으려고 합니다. 그래서 국가의 미래를 위해 지금보다 더 많은 국부를 창출해 놓으려고 합니다."

"아아! 그렇습니까?"

"당분간은 군비경쟁 시대가 지속될 것입니다. 그런 시대를 무난히 넘기기 위해서는 국가 자산이 많아야 하고요. 그래서 국정은 후임에게 넘겨주고 역량이 미치는 한 그 일을 맡고 싶습니다."

대진의 계획을 들은 황태제는 더 만류하지 못했다. 총리는 물러나지만 국가를 위해 봉직하겠다는 의사를 분명히 했기 때문이다.

황태제가 한숨을 내쉬었다.

"후! 총리께서 그런 계획을 갖고 계신다니 더 만류할 수가 없네요. 하지만 국장도감 도제조는 맡아 주시기 바랍니다."

"물론이지요."

"그런데 후임은 누가 좋겠습니까?"

"기왕이면 전하의 마음에 든 분이 좋지 않겠습니까?"

황태제가 고개를 저었다.

"아닙니다. 국정의 연속성을 위해서라도 총리께서 추천하신 분이 좋을 듯합니다."

대진이 고개를 숙였다.

"감사합니다. 앞으로 상당 기간 군비경쟁의 시대가 지속될 겁니다. 그런 시기를 무난히 넘기기 위해서라도 군무에 밝은 사람이 좋습니다. 그래서 국방대신을 추천하려고 하는데, 어떻게 생각하십니까?"

황태제가 두말하지 않았다.

"서 대신이라면 과인도 좋습니다."

"감사합니다. 그러면 신이 미리 통보해 놓겠습니다."

"그렇게 하세요."

"그리고 간청을 드릴 일이 하나 있습니다."

"말씀해 보십시오."

"우리 제국도 이제는 제국의회를 상하원으로 분리해도 될 때가 되었다고 생각합니다. 그래서 새로 등극하시는 폐하께서 칙허만 해 주시면 하원의원 선거를 실시했으면 하옵니다."

황태제가 바로 알아들었다.

"하원에서 총리를 선발하자는 말씀이군요."

"그렇습니다. 추인은 황제께서 해야겠지만 국가 발전을 위해 의원내각제를 도입하는 것이 좋을 거 같습니다."

의원내각제는 이미 오래전부터 논의되었던 사안이었다. 그래서인지 황태제도 두말하지 않고 즉각 수용했다.

"좋습니다. 언젠가 실시해야 할 일이라면 이번에 하는 것이 좋겠지요. 그러면 총리께서 선거를 관리하고 퇴진하시지요?"

대진이 고개를 저었다.

"아닙니다. 선거는 새로운 총리가 관장하는 것이 여러모로 좋습니다."

"알겠습니다. 그렇게 하지요."

황태제가 당부했다.

"퇴임하시더라도 황궁을 자주 찾아 주셔야 합니다. 그래서 세상 돌아가는 이야기를 많이 들려주십시오."

"그렇게 하겠습니다."

다음 날.

대한제국 3대 황제로 즉위했다.

황제의 자리는 하루도 비울 수 없어 황태제가 즉위했다. 그러나 국가 위상이 달라지면서 황제의 즉위식은 3개월 후 실시하기로 했다.

이어서 서영식이 총리에 취임했다.

총리에 취임한 서영식이 첫 번째로 총선거 실시 서류에 날인했다. 이때부터 대한제국은 처음으로 선거 열풍이 불었다.

선거는 2개월 후 실시하기로 했다.

절차에 따라 수많은 후보가 난립했다.

마군과 지지 세력은 민주당을 개화파는 공화당을 창당했다. 그뿐 아니라 10여 개의 군소 정당이 난립했으며 공산당도 당당히 후보를 배출했다.

정부는 부정선거 방지를 위해 노력했다.

매일 라디오와 신문을 통해 부정선거 방지를 홍보했다. 그러면서 부정선거가 발각되면 받게 될 무서운 처벌도 적극 홍보했다.

다행히 이런 노력이 결실을 거두며 선거는 열기를 띠면서도 차분하게 진행되었다.

투표 당일.

수많은 사람들이 투표소로 몰려들었다.

놀랍게도 투표는 단 한 건의 불미한 사건도 발생하지 않고 무사히 끝났다. 선거에서 민주당은 절대다수당이 되었으며 총재인 서영식이 당당히 총리에 선출되었다.

황제에게서 임명장을 받은 서영식이 대진을 방문했다. 총리에서 물러난 대진은 제국의회상원 의장실로 출근하고 있었다.

"축하하네."

"감사합니다."

"민주당이 압승할 거라고 예상은 했지만 이 정도로 압승할 줄은 몰랐어."

"그동안 선배들이 국가 발전을 위해 노력해 주신 결과이지요."

"하하! 노력이야 서 총리도 해 왔잖아."

"그렇기는 합니다."

"어쨌든 잘되었어. 압도적인 의석을 갖게 되었으니 앞으로의 국정 운영을 안정적으로 이끌어 갈 수 있게 되었어."

"그렇기는 합니다만 공산당이 한 석도 차지하지 못한 것이 의외였습니다. 보고에 따르면 노동자들 사이에 상당한 인기를 얻고 있다고 했는데요. 아무래도 몇 년 전에 발생했던 몽골 반란이 큰 영향을 끼친 것 같습니다."

대진도 인정했다.

"나도 그렇게 생각해. 우리 제국이 세워지고 반란이 일어난 경우는 처음이었으니 말이야."

"예, 그것도 러시아와 중국의 지원까지 받았다고 하니 많이들 놀랐을 겁니다."

"몽골은 별일 없지?"

서영식이 손을 들었다.

"약간의 문제가 발생했습니다."

"문제? 무슨 문제?"

"몽골 사람들 사이에 이번 총선이 상당한 논란이 되었다고 합니다. 자신들에게는 왜 투표권을 주지 않느냐면서요."

"그거야 아직은 우리 신민이 아니니 투표권이 없는 거지. 그

런데 그런 말이 나왔다는 것은 통합 움직임이 있다는 건가?"

"아무래도 그런 거 같습니다."

대진이 부정적인 의견을 냈다.

"이전부터 그런 움직임이 없었던 것은 아니야. 하지만 자주의식이 강한 몽골 사람의 성격상 아직은 시기상조야. 자칫 억지로 통합했다간 수시로 반란이 일어날 수가 있어."

"좀 더 시간을 두고 보겠습니다."

"그렇게 하게. 몽골과는 당분간은 지금처럼 지내는 것이 좋아."

대진의 말을 들은 서영식은 화제를 전환했다.

"미국 주식에 투자한 국부펀드의 수익률이 좋다면서요?"

대진이 서류를 건넸다.

"국부펀드뿐이 아니야. 대한재단은 물론이고 대한그룹 계열사가 투자한 수익률도 역대 최대를 찍고 있다네."

서류를 들춰 보던 서영식이 놀라워했다.

"이 정도로 수익률이 높을 줄은 몰랐네요. 나라를 위해서는 이보다 좋은 일은 없네요."

"그래서 더 조심하고 있어. 역사대로라면 1929년부터 대공황이 시작된다고 했지만 우리로 인해 시기가 빨라질 수가 있잖아."

조영식이 고개를 갸웃했다.

"설마 그렇게 될까요? 본래보다 우리의 투자로 미국 경제는 이전보다 더 활성화되었지 않습니까? 그렇다면 단축되었으면 되었지 길어지지는 않을 거 아닙니까?"

"본래라면 그렇기는 하지. 그러나 상황이 어떻게 변할지 모르기 때문에 28년부터는 모든 투자자금을 회수할 계획이야."

"대공황이 오더라도 충격을 최소화하겠다는 말씀이군요."

"그렇다네."

"그런데 이번에 대공황을 연구하면서 생각지도 않은 기록을 찾아냈습니다."

"대공황에 영향을 끼칠 정도의 기록인가?"

"그렇습니다. 미국에서 시작된 대공황은 유럽은 물론이고 일본에도 막대한 영향을 끼친 것은 분명합니다. 그러나 단 한 나라, 소련만큼은 아니었습니다."

대진의 눈이 커졌다.

"그랬었어?"

"예, 파악한 바에 따르면 그 시기 소련은 스탈린이 집권한 이후 철저하게 계획경제를 실행했다고 합니다. 그 바람에 외부의 영향을 거의 받지 않고 높은 경제성장을 구가했고요. 그런 소련으로 미국인들이 무려 10만여 명이나 이주했다고 합니다. 소련은 그렇게 이주한 미국인들에게서 입수한 정보를 경제 발전에 적극 활용했고요."

감탄사가 절로 나왔다.

"허! 그랬구나. 나는 대공황에 대비해 군수산업을 대대적

으로 육성하는 계획을 세웠는데 더 좋은 수가 있었구나."

"그렇습니다. 그래서 우리도 정부 주도의 경제계획을 다시 수립하는 것을 진지하게 고려해 봐야 할 거 같습니다."

대한제국은 개혁 초기 정부 주도로 경제계획을 실시했다. 그러다 경제가 제 궤도에 오른 10여 년 전부터 실시하지 않고 있었다.

대진도 동조했다.

"좋은 생각이야. 우리 경제가 발전했다고는 하지만 아직은 기초가 완벽하지는 않아. 더구나 미국처럼 초호황기를 누리던 나라도 갑작스러운 대공황에 10여 년 동안 곤욕을 치렀는데 우리라고 그렇게 되지 않으리란 법이 없지."

"알겠습니다. 그 문제는 내각회의를 거쳐 공론화하겠습니다."

"그렇게 하시게."

대화를 나눈 서영식이 돌아갔다.

대한제국 최초로 실시된 총선거는 많은 의미를 낳았다. 대한제국은 넓은 국토와 인구를 고려해 300명의 하원의원을 선발했다.

이 선거에서 마군이 주축인 민주당이 개헌할 수 있을 정도의 의석을 차지했다. 아울러 기존의 개화파도 상당한 의석을 확보하며 세를 과시했다.

나머지는 군소 정당의 몫이었다. 의외로 노동자들에게 상당한 인기를 끌고 있던 공산당은 단 1석도 의석을 차지하지 못했다.

이 문제로 공산당은 결성되자마자 격렬한 내분에 휩싸였다. 그러면서 강경파가 온건파를 강력히 규탄하며 당이 둘로 나뉘기까지 했다.

바로 사회당과 공산당이었다.

이렇듯 1926년은 새로운 황제와 함께 총선거가 실시되었다. 그런 총선거를 거치면서 명실상부한 의원내각제가 출범했다.

이러한 시기.

대진은 정치에서 한발 물러나 있었다. 그러고는 자신의 맡고 있는 국부펀드의 수익률 증대를 위해 혼신의 노력을 기울였다.

그렇게 시간이 흘렀다.

8장

대한제국은 1927년부터 신경제개발 5개년계획을 새롭게 실시했다. 이전부터 대한제국은 호황기를 구가하고 있었다.

그런 상황에서 실시된 경제개발계획에 다수가 의구심을 나타냈다. 그러나 경제개발계획이 군사력 증강을 위한 군수산업육성과 국가기간산업 확충에 집중된 것을 확인하고는 이내 적극 동조했다.

가뜩이나 호황기였는데 경제개발계획까지 실시되면서 대한제국 경제는 끝없이 성장했다.

그러나 정부는 냉정했다.

경제는 활황이었지만 과소비 등을 철저하게 제한하였다. 그 대신 대부분의 국가 역량을 국가기반시설 확충에 투입하였다.

그 바람에 대한제국은 매일 지도가 바뀐다는 말이 나올 정도였다. 기간도로는 모두 포장되었으며 연신 새로운 도로와 철도공사가 이어졌다.

그동안 개발이 미진했던 만주와 연해주 그리고 새롭게 수복된 외 만주 지역에 막대한 자본이 투입되었다. 특히 대만과 북해도에도 대규모 자본이 투입되면서 섬 자체가 하루가 다르게 바뀌어 갔다.

내부만 바뀌고 있는 것이 아니다.

대진이 지시했다.

“무역 수익이나 국부펀드의 투자 수익은 1차적으로 금으로 들여오도록 하라.”

대진은 막대한 무역수지와 금융수익의 상당 부분을 금으로 교환하게 했다. 그렇게 교환된 금은 여지없이 대한은행의 금고로 들어갔다.

대한제국은 개혁 초기부터 무역수지를 금으로 받아들여왔다. 그리고 해외 각지에도 수많은 전문가를 파견해 금광을 개발했다.

그렇게 대한제국은 수십 년 동안 계획적으로 금을 모아들였다. 그렇게 해서 모아들인 대한은행의 금은 무려 1만 톤이 넘었다.

실로 어마어마한 양이었다.

이 시대에 단일 은행으로서는 최고의 금 보유량이었다. 덕분에 대한제국의 원화는 최고의 가치를 인정받으면서 미국의 달러, 영국의 파운드화와 어깨를 나란히 하고 있었다.

그럼에도 대한제국은 조건만 맞으면 금을 들여왔다. 특히나 대진이 국부펀드를 맡고부터는 전 세계의 금이 대한제국으로 몰린다는 말이 나올 정도가 되었다.

그러던 1928년 후반.

대진은 펀드 운용자들을 소집했다.

"오늘 여러분을 이렇게 불러 모은 까닭은 전 세계에 투자된 자금을 은밀히 회수하기 위해서입니다."

대진은 국부펀드를 맡으면서 자금 운용 계획을 미리 설명해 주었다. 그래서 이런 발언을 했음에도 누구도 당황하지 않았다.

운용실장이 확인했다.

"지금부터 시작하면 됩니까?"

"그래요. 우선은 미국 증시와 영국에 투자된 자금부터 회수할 겁니다. 다행히 지금은 최고의 증시 호황기이니만큼 문제는 되지 않겠지요?"

운용실장이 사실대로 보고했다.

"워낙 투자된 금액이 많습니다. 그래서 전부를 빼낸다면 문제가 될 수 있습니다. 안타깝지만 일부 금액은 남겨 두는 것이 좋을 거 같습니다."

대진이 바로 승낙했다.

“그렇게 하세요. 그 대신 남겨 두는 주식은 코카콜라와 듀폰과 같은 전통 우량주에 한정합니다.”

“알겠습니다. 자세한 내용은 따로 서면 보고를 하겠습니다.”

다른 직원이 질문했다.

“미국, 영국을 제외한 다른 나라에 대한 투자도 전부 회수합니까?”

“충격을 최소화하는 선에서 일단 회수합니다. 그에 대한 준비는 하고 있었겠지요?”

“그렇습니다. 이미 지난해부터 자원 개발이 아닌 자산 투자는 단기투자로 변환해서 언제라도 회수가 가능합니다.”

대진이 지시했다.

“아메리카 모터스를 비롯한 합작회사의 주식도 기본적인 비율만 남겨 놓고 매각합니다.”

운용실장이 깜짝 놀랐다.

“의장님, 그렇게 되면 주식 가치가 폭락할 수도 있습니다. 합작회사의 주식 매각이 필요하면 차라리 블록딜로 넘기는 것이 좋습니다.”

대진이 고개를 저었다.

“아닙니다. 그렇게 기관에 주식을 넘기면 나중에 회수할 때 문제가 발생할 수 있습니다. 그러니 미국 증시 상황을 봐 가며 시장에서 적절히 비율을 줄여 나가세요.”

운용실장이 알아들었다.

"나중에 회수를 전제로 한 매각을 하라는 말씀이군요."

"그렇습니다. 우리 예상대로 대공황기가 오면 주식은 거의 휴지 조각으로 추락할 겁니다. 그렇게 주식이 최저로 떨어지게 되면 우리는 미국이나 영국 등의 주요 회사 주식을 대량으로 매입하는 작전을 시행할 겁니다. 그러니 운용실장도 거기에 따른 준비를 해 놓으세요."

"만일 주식 폭락 사태가 오지 않으면 어떻게 합니까?"

대진이 크게 웃었다.

"하하하! 그렇게 되면 약간의 손실을 감수하고 재매입하면 되니 너무 걱정하지 마세요. 그리고 주식을 매각한다고 해서 차등의결권이 있어서 경영권이 넘어가는 경우는 없을 겁니다."

펀드 운용자들은 대진이 코카콜라에 투자한 사실을 잘 알고 있었다. 코카콜라는 대진에 많은 지분을 넘겼지만 상장하면서 차등의결권을 행사했다.

그 바람에 코카콜라 소유주는 적은 지분을 갖고도 문제없이 회사를 운영하고 있었다. 이는 아메리카 모터스를 비롯한 합작회사도 마찬가지여서 보유 주식을 매각한다고 해도 경영권 확보에는 전혀 문제가 되지 않았다.

운용실장도 두말하지 않았다.

"알겠습니다. 의장님의 지시에 맞춰 주식과 자금 운용 계획을 수립하겠습니다."

"그렇게 하세요."

대진은 이렇듯 대공황과 주식 대폭락에 대비한 준비를 해 놓았다.

그러나 시장 상황은 달랐다.

대한제국 국부펀드가 주식을 매각하자 잠시 미국과 영국 증시가 출렁였다. 그러나 수익 실현이라는 발표와 달궈진 증시로 인해 매각 이슈는 금방 묻혀 버렸다.

그 대신 더 많은 투자자들이 몰려들며 증시 열기가 더해졌다. 그만큼 미국 경제는 호황이었으며 전후 재건을 진행 중인 유럽도 마찬가지였다.

이런 기회에 편승해 국부펀드와 합작회사의 주식은 반년 동안 전부 매각할 수 있었다.

그렇게 1929년이 되었다.

해가 바뀌었으나 미국 증시는 더 불이 붙었다. 마치 누군가가 일부러 조장한 듯 주식은 끝도 없이 치솟았다.

그러던 2월.

운용실장이 대진을 찾았다.

"의장님, 우리가 너무 일찍 주식을 청산한 것은 아닌지요. 미국 증시가 계속해서 오르고 있어서 직원들 사이에서 말들이 많습니다."

대진도 안색을 굳혔다.

"나도 솔직히 아쉬워. 하지만 지금의 미국 증시는 정상이

아닌 것은 분명하잖아?"

"그렇기는 합니다만 현지에 나가 있는 직원들이 월가의 투자사들로부터 인신공격까지 받고 있다고 합니다. 그래서 드리는 말씀인데, 사기진작 차원에서도 일부 자금을 투자하는 게 어떻겠습니까?"

"으음!"

대진이 고심했다.

보통이라면 거부할 일이었으나 앞으로 나라의 인재가 될 직원들이 눈에 밟혔다. 고심하는 대진의 모습을 본 운용실장이 한 번 더 간청했다.

"염려스러우시면 투자 회수 시점을 의장님께서 지정해 주십시오. 그러면 문제가 되지 않을 거 아니겠습니까?"

대진이 고개를 저었다.

"회수 시점을 어떻게 정하겠나? 솔직히 그건 나도 어려운 일이야."

이 말을 했음에도 운용실장은 거듭 간청했다. 대진은 고심을 거듭하다가 결정했다.

"좋아. 일정 금액을 투자하도록 승인하지. 그 대신 늦어도 8월 말까지는 모든 자금을 회수하도록 해. 만일 그때까지 회수를 못 하면 그에 대한 책임은 전적으로 당사자가 지는 거야. 그 대신 이번에 투자한 금액에 대한 수익 성과금은 최고로 지급해 주겠어."

운용실장의 안색이 환해졌다.

"감사합니다. 그 정도의 제약은 당연히 받아들이고도 남습니다. 그리고 이번에는 제가 직접 미국으로 건너가 진두지휘를 하겠습니다."

대진도 흔쾌히 승낙했다.

"그렇게 하게."

대진의 결정에 직원들은 환호했다.

곧이어 투자가 재개되었다. 이어서 운용실장까지 넘어가서 투자에 뛰어들자 미국 증시는 더 불이 붙었다.

그러자 3월이 되면서 연방준비은행을 비롯한 전문가들이 다투어 거품을 경고하고 나섰다. 그러나 더 불이 붙은 미국 증시는 이런 경고에도 아랑곳하지 않고 폭등을 거듭했다.

이런 미국 증시를 바라보는 대진은 매일이 불안했다. 그러나 불타오른 불길은 도무지 꺼질 줄 모르고 불타올랐다.

미국의 경기 활황에 힘입어 자동차를 비롯한 현지 합작회사의 매출도 폭발적으로 늘어났다. 아울러 대진이 투자한 코카콜라는 물처럼 팔려 나가면서 엄청난 배당수익을 안겨 주었다.

대진도 어느 순간 대공황이 없을 줄 알았다. 그만큼 미국과 영국 증시는 무서울 정도로 상승만 했다.

그래서 투자 중단 시점을 연기해 줄 것을 심각하게 고심하기도 했다.

그러나 대진은 냉정했다.

7월에 접어들면서 대진은 뉴욕 사무실로 한 장의 전보를 보냈다.

8월까지 모든 자금을 회수할 것.

전보가 도착하자 운용실장이 바로 시일을 연장해 달라는 답신을 보냈다. 이 답신을 받아 든 대진은 종료 시점이 임박했다는 확신을 갖게 되었다.

무조건 계획대로 할 것.

운용실장은 아쉬웠다.

그러나 하늘 같은 대진의 명을 거역할 수는 없었다. 운용실장은 직원들에게 지시해 투자자금을 회수하게 했다.

그렇게 시작된 자금 회수는 8월 말에 정확히 끝낼 수 있었다. 국부펀드 직원들은 아쉬웠으나 이제는 귀환할 때였다.

모든 자금을 청산한 국부펀드 직원들은 그야말로 금의환향했다. 대진은 이들의 귀환을 축하해 주기 위해 비행장까지 직접 나갔다.

"그동안 고생이 많았네."

운용실장이 몸을 숙였다.

"아닙니다. 저보다 몇 년 동안 뉴욕에서 고생한 직원들이 정말 고생을 많이 했습니다."

대진이 직원들과 일일이 악수를 나누며 그들의 등을 두드려 주었다. 직원들에게 대진은 하늘과 같은 존재였다.

그런 대진의 인사를 받은 직원들은 그동안의 노고가 눈 녹듯 사라짐을 느꼈다. 대진은 직원들을 공항 귀빈실로 데리고 갔다.

공항 귀빈실에는 이들을 맞이할 자리가 마련되어 있었다.

대진이 직원들을 둘러보며 치하했다.

"모두들 고생이 많았습니다. 앞으로 세상은 경제패권 시대가 도래할 것입니다. 그 시대를 선도하기 위해 우리 제국은 앞으로 금융시장을 대대적으로 육성할 것입니다. 나는 그런 세상을 여러분이 이끌어 나갈 거라 믿어 의심치 않습니다."

대진의 말에 직원들의 눈이 빛났다. 그런 직원들을 죽 둘러본 대진이 말을 이었다.

"지금까지의 수익의 일정 금액은 성과급으로 지급될 겁니다."

"와!"

대진의 약속에 직원들이 환호했다. 대진은 그런 직원들을 한 번 더 격려하고는 돌아왔다.

국부펀드가 철수했음에도 미국 증시는 상승하기만 했다. 그러나 경기하강의 조짐은 여러 곳에서 서서히 나타나고 있었다.

비서가 보고했다.

"의장님, 아메리카 모터스의 전반기 실적이 전년에 비해 거의 정체되었다고 합니다."

대진이 비서가 건넨 보고서를 읽었다. 보고서에는 아메리카 모터스의 자동차 판매 실적이 정체된 지표가 들어 있었다.

"실물경제가 이런데 주식은 계속 활황이라면 거품이 꺼질 때가 되었다는 말이구나."

운용실장도 보고했다.

"금년 미국의 밀 생산량이 역대 최고가 될 거라는 보고도 있습니다. 아울러 철강도 지난해보다 생산이 줄었다고 하고요."

대진은 밀에 주목했다.

"밀 생산량이 최고라면 수출이 원활해야 하는데 유럽의 작황은 어느 정도인지 알아보게."

운용실장이 잠깐 나갔다가 들어왔다.

"프랑스를 비롯한 유럽도 금년은 밀이 대풍이라고 합니다."

대진이 주먹을 움켜쥐었다.

"그렇다면 내 예상이 맞다. 미국은 공업도 발달했지만 농업 생산성도 엄청난 나라다. 그런 미국에서 밀은 농업의 기본이라 할 수 있는데 그 가격이 폭락하면 원자재 시장마저 흔들릴 수밖에 없다."

운용실장도 동조했다.

"저도 그렇게 생각합니다. 아무래도 미국 증시 폭락은 시간문제일 거 같습니다."

"속단은 이르지만 그럴 가능성이 아주 높아졌다고 봐야 할 거 같다."

대진이 비서에게 지시했다.

"지금 즉시 총리를 만나 봐야겠다."

"바로 연락해 보겠습니다."

이날 오후.

대진이 총리를 만났다.

그가 먼저 입을 열었다.

"서 총리, 우리 예상대로 미국 증시 대폭락이 곧 발생할 거 같네."

서영식이 크게 아쉬워했다.

"역사의 큰 줄기는 바뀌지 않는군요."

"그러게 말이야. 어떻게, 그에 대한 대비는 잘하고 있겠지?"

"신경제개발 5개년계획 2년 차입니다. 그래서 전국 주요 현장이 본격적으로 인력을 투입하는 시기입니다. 아울러 해군공창과 군수회사도 본격적으로 인력이 필요한 시기이고요. 그래서 당분간은 사람 충원 문제로 정신이 없을 거 같습니다."

"총리의 말만 들어도 인력이 엄청나게 필요하다는 느낌이 들어. 그런 것을 보면 계획경제만이 대공황을 이겨 내는 답이겠어."

서영식이 동조하며 설명했다.

"맞습니다. 미국이 대공황을 이겨 낸 요인이 다음 대통령인 루스벨트의 뉴딜정책이었습니다. 뉴딜정책이 무엇입니까? 정부가 경제활동에 적극적으로 개입해서 경기 활성화를 조정하는 것이 기본 방침 아닙니까? 그것이 바로 계획경제이고요."

대진도 적극 동조했다.

"맞는 말이야. 기록에 의하면 은행에 대한 정부의 통제를 확대하면서 관리통화제도까지 도입했지. 아울러 농업 생산에 대해서도 철저한 계획생산을 시행하면서 불황을 탈출했던 거야."

"그렇습니다."

대진의 머릿속이 번쩍했다.

"가만있어 봐. 적당한 시기를 봐서 루스벨트에게 뉴딜정책의 방향을 조언해 주어야겠다."

서영식이 반색했다.

"그거 아주 좋은 생각입니다. 루스벨트는 의장님을 대놓고 존경한다는 의사를 표시해 오지 않았습니까? 그런 루스벨트에게 뉴딜정책을 미리 조언해 준다면 관계가 더 돈독해지겠습니다."

"그러게 말이야."

대진의 예상대로였다.

미국 증시는 10월 하순 검은 목요일과 검은 화요일 주가가 대폭락했다. 이때부터 주식시장이 붕괴되면서 시장에 돈줄이 말라 버렸다.

그러자 위기에 몰린 은행들이 무자비하게 대출을 회수했다. 그럼에도 뱅크런에 의해 수많은 은행들이 도산하고 말았다.

돈이 돌지 않으면서 미국 경제는 심각한 경기하강을 경험하게 되었다.

그런데 미국 정부는 주가 폭락 현상이 일시적이라는 판단을 했다. 그만큼 지난 10여 년 동안 미국 경제는 엄청난 호황기를 보내고 있었다.

이러한 오판으로 인해 금융시장에 개입할 골든타임을 놓쳤다. 그러자 사태는 걷잡을 수 없이 곤두박질치면서 경제대공황이 발생했다.

그 여파는 엄청났다.

금융시장은 극심한 혼란에 휩싸였다. 아울러 경제가 곤두박질치면서 대규모 실직 사태가 발생했다.

경제와 사회가 무너지면서 개인의 삶의 질은 악화되었다. 아울러 인종차별이나 노사 갈등을 비롯한 사회적 갈등도 심화되었다.

그리고 여파는 이내 유럽으로 넘어가 엄청난 파장을 불러왔다. 이렇게 경제가 박살 나면서 유럽 여러 나라가 전체주의에 빠져들었다.

반면에 승승장구하는 나라도 있었다.

계획경제의 나라인 소련은 대공황과 무관하게 호황을 누렸다. 아울러 대공황을 미리 준비한 대한제국도 조금의 흔들림 없이 발전을 거듭했다.

그리고 또 한 나라, 일본이 있었다.

일본은 군정 이후 철저하게 대한제국을 추종하고 있었다. 그래서 경제개발계획도 대한제국을 그대로 벤치마킹했다.

그 결과, 다른 나라와 달리 급격한 성장을 구가할 수 있었다. 특히 군대가 없기 때문에 오로지 경제에 매진하면서 발전 속도는 엄청났다.

그렇게 몇 년이 흐른 1932년. 일본은 전쟁의 상흔도 떨쳐내면서 신흥 공업국으로 부상했다.

대한제국은 이를 저지하지 않았다.

제2차 한일전쟁 이후, 한일 양국 경제는 상당 부분 종속되어 있었다. 그 때문에 일본의 경제성장은 대한제국 경제에도 큰 도움이 되었다.

그렇다고 무한정 풀어놓지는 않았다. 대한제국은 일본의 경제 발전에 맞춰 태평양제2함대의 주둔 비용을 청구했다.

일본은 처음 크게 반발했다.

자신들이 원하지 않았음에도 주둔한 비용을 청구했기 때문이다. 이러한 반대 여론을 일본의 극우파가 주도했다.

대한제국은 군정을 실시하면서 일본 극우파를 대부분 도

태시켰다. 그러나 전부를 사형시킨 것은 아니었기에 많은 수가 은퇴했을 뿐이었다.

그런 극우파가 일본이 살아나면서 하나둘 머리를 치켜세우고 있었다. 그러다 주둔 비용 청구를 빌미로 거칠게 목소리를 내기 시작했다.

대한제국은 즉각 반응했다.

요코스카의 태평양제2함대는 물론이고 진주만의 태평양제1함대까지 동경으로 출동했다. 그리고 항모에 탑재된 공격기를 연신 동경 상공에 이륙시키며 무력시위를 했다.

그리고 일본에 격렬하게 항의했다.

전쟁 분위기가 고조되면서 반대 여론은 급격히 수그러들었다. 이어서 반대 여론을 조장한 극우파를 몰아내자는 여론이 급격히 상승했다.

일본의 기초 민심은 전쟁이라면 이제 지긋지긋했다. 일본 총리는 어쩔 수 없이 내각 정보조사실의 요원을 동원해 극우파를 체포했다.

이때부터 일본 내각은 여론 공작을 실시했다. 대한제국도 일본 언론에 심긴 제5열을 풀어 호의적인 여론을 형성하게 했다.

그 결과, 군대 보유보다 주둔 비용 지급이 좋다는 여론이 형성되었다. 어떻게 보면 눈 가리고 아웅 하는 여론조작 수준이지만 이로써 짐을 던 일본 내각은 주둔 비용 지급을 결

의했다.

일본의 상황은 즉각 요양으로 보고되었다.

그리고 1933년, 대한제국은 두 번째 총선을 치렀다. 이 선거에서도 민주당은 압승을 거두며 서영식도 재선에 성공했다.

대진은 이날.

마침 총선 승리를 축하하기 휘해 총리집무실을 찾았다. 서영식이 비서실장이 보고한 서류를 대진에게 건넸다.

"의장님, 일본 내각이 함대주둔 비용을 지급하기로 결의했다고 합니다."

"우리의 압박이 결국 통했구나."

"이렇게 된 이상 일본이 다시 무장하겠다고 나서지는 않겠지요? 극우파도 모조리 잡아넣었으니 말입니다."

"당연히 그렇겠지. 일본 수상이 이번에 열일을 했어."

"사이토 총리가 이전부터 본국에 호의적이더니 큰일을 해냈습니다."

"그러게 말이야."

"그런데 미국의 루스벨트 대통령으로부터 감사 인사를 받았다고요?"

대진이 사정을 설명했다.

"얼마 전에 루스벨트 대통령으로부터 친서가 도착했다네. 지난해 내가 보낸 조언이 고맙다고 말이야."

"뉴딜정책 관련한 조언이겠군요."

“맞아. 내가 그때 본국의 신경제개발계획을 미국의 입장에 맞게 수정해서 보냈지. 그것이 지난 선거에서 큰 도움이 되었다고 하더군. 그리고 새롭게 출범하는 행정부의 정책에도 적극 반영한다고 했어. 그러면서 부실한 은행도 대거 휴업시켜서 계속되는 은행 부도를 막겠다고 했지.”

“결국 대공황 탈출은 계획경제가 답이라는 말이군요. 미국도 뉴딜정책을 본격적으로 펼치는 것을 보면 말입니다.”

대진도 동조했다.

“맞는 말이야. 우리도 그렇지만 일본만 봐도 알 수 있잖아.”

서영식도 적극 동조했다.

“그건, 그렇습니다. 지난 전쟁으로 공업 기반이 거의 파괴되었음에도 저렇게 살아났으니 더 말할 나위가 없지요. 어쨌든 의장님 덕분에 한미 관계가 이전보다 훨씬 부드러워지겠습니다.”

“그래야지. 아직 공론화되지는 않았지만 우리 국부펀드가 지난해부터 미국 증시에서 사들인 주식의 양이 상당히 많아. 나중에 문제가 될 정도이지. 그런 상황에서 루스벨트가 우리에게 호의를 갖고 있으면 아주 큰 도움이 될 거야.”

“지난 미국 대선에서 선거자금도 많이 후원하셨다면서요.”

“물론이지. 미국 증시는 앞으로 우리에게 엄청난 수익을 창출해 줄 거야. 그런 의미에서라도 정치 후원은 당연한 일이지. 그리고 벌어서 주는 거여서 부담도 덜 되고 말이야.”

서영식이 크게 웃었다.

"하하하! 맞습니다. 많이 벌어서 많이 주면 양국 관계는 더없이 좋아지겠지요."

대진도 싱긋이 웃었다.

"그렇겠지. 그리고 이번에 워싱턴에다 국부펀드에서 투자해서 재단을 만들었네. 그 재단에서는 미국의 의원들은 물론 학자들을 지원할 것이야. 특히 우리 대한제국에 대한 우호 여론 형성을 위해 합법적인 로비도 할 계획이지."

서영식이 기뻐했다.

"아주 잘하셨습니다. 본국이 강대국이 된 것은 분명한 사실이지만 미국은 결코 만만히 볼 나라는 아니지요."

"이대로 발전한다면 미국을 누를 수 있겠지?"

서영식이 가슴을 폈다.

"물론입니다. 미국 대공황의 여파로 과학자와 기술자 들이 본국으로 대거 이주해 오고 있습니다. 그 숫자가 이전 시대 소련보다 훨씬 많은 20만 명을 넘어서고 있고요. 그뿐만 아니라 유럽에서도 해마다 수십만 명이 이주해 오고 있고요."

대한제국은 이전부터 이주민에 대해 관대한 정책을 펼쳐왔다. 그러던 이주 정책은 외 만주를 수복하면서 적극적으로 바뀌었다.

그래서 유럽 등지에서 해마다 많은 숫자가 이주하고 있었다. 그러던 이주민의 숫자가 대공황이 시작되면서 폭발적으로 늘어났다.

유럽이나 미국과 달리 대한제국은 경제가 지속적으로 성장하고 있었기 때문이다. 특히 미국의 이주민들이 눈에 띄게 늘어나고 있었다.

대진이 흡족해했다.

"모두가 귀중한 인적자원이야. 그러니 이주민들이 잘 정착할 수 있도록 정부에서 각별한 신경을 써 주어야 하네."

서영식도 동조했다.

"그렇지 않아도 이주민들이 쉽게 정착할 수 있도록 다양한 정책을 시행하고 있습니다. 그리고 과학자들과 학자들은 주택과 생활안전자금까지 제공하고 있습니다. 그런 사정이 미국과 유럽의 신문에 여러 차례 소개되었고요. 덕분에 유럽과 미국의 공사관 문턱이 닳아 없어질 정도로 이주 문의가 쇄도하고 있습니다."

대진의 표정이 더 환해졌다.

"좋은 현상이야. 이전 시대에는 유럽의 유능한 인재들이 미국으로 쏟아져 들어갔었지. 그들에게 다른 선택지가 없었으니 말이야. 그러나 지금은 각종 혜택을 누릴 수 있는 우리나라라는 새로운 선택지가 있으니 많이 분산될 거야."

"그렇습니다. 제가 유럽의 과학자라고 해도 미국보다는 우리나라를 선택할 겁니다."

"그래, 이대로만 하자고."

"알겠습니다."

두 사람은 서로를 보고 환하게 웃었다.

1930년대는 미국과 유럽이 대공황으로 어려움을 겪던 시절이었다. 이 시절 대한제국은 강력한 계획경제를 실시하면서 발전을 거듭했다.

그 결과.

30년대 후반에는 경제 규모가 미국과 어깨를 나란히 할 정도로 성장했다. 인구도 자체 인구가 급상승하고 이민자가 넘쳐 나면서 1억 명을 눈앞에 둘 정도가 되었다.

9장

그런 1939년 말.

대진이 마지막 여행을 준비했다.

그것을 위해 영구에 내려와 있었다. 수상인 서영식이 그런 대진을 만류하기 위해 직접 찾아왔다.

"의장님, 꼭 여행을 하셔야 하겠습니까?"

"중동도의 상황을 직접 살펴보고 싶어서 그래요."

중동의 사정도 이전과는 확연히 달라졌다.

우선적으로 본국 이주민이 100만을 넘겼다. 아울러 유럽을 비롯한 외국의 이주민도 수십만이나 되었다. 그만큼 일자리도 많이 늘어났기 때문이다.

그리고 가장 중요한 유전이 있었다.

대한제국은 지난해까지 중동에서 유전을 개발하지 않고 있었다. 그러나 경제가 발전하고 수출이 급증하면서 원유 소비량도 급격히 증대되었다.

그렇다 보니 쿠웨이트와 바스라 유전에 의존하는 비율이 너무도 높아졌다. 그래서 위험을 분산하는 차원에서라도 유전을 개발해야 했다.

대한제국은 유전은 개발하지 않았지만 탐사는 꾸준히 해오고 있었다. 그 덕에 지난해 중동도의 도청 소재지인 알 하사에서 얼마 떨어지지 않은 지점에서 유전을 손쉽게 찾아낼 수 있었다.

그렇게 개발된 유전은 담맘까지 송유관을 연결해 첫 출하를 앞두고 있었다.

대진은 그것도 둘러보고 싶었다.

대진이 양해를 구했다.

"총리께서 여기까지 오셔서 만류하시는 것은 고맙습니다. 하지만 이번이 아니면 다음에는 기회가 오지 않을 거 같아서 다녀오려고 합니다."

"하지만 80이 넘은 연세에 무리입니다."

대진이 호탕하게 웃었다.

"하하하! 그래도 아직은 체력은 충분하니 걱정하지 말아요."

"꼭 가시려거든 비행선을 타고 가시지요. 바다로의 여정은 무리입니다."

대진이 고개를 저었다.

"아닙니다. 저기를 보세요."

대진이 항구를 바라봤다.

그렇게 바라본 항구에는 항모를 비롯한 10여 척의 함정이 정박해 있었다.

대진이 항모에서 눈을 떼지 않고 말을 이었다.

"대한제국 제7기동전단입니다. 총리께서는 제7기동전단이 무엇을 의미하는지 잘 아시지요?"

"우리가 타고 온 전단이지 않습니까?"

마군의 제7기동전단의 함정들은 몇 년 전 전부 퇴역했다. 선체는 전부 해체되어 스크랩 처리되었으며 내장되었던 레이더를 비롯한 각종 장비와 미사일 등은 전부 국방과학연구소로 옮겨져 있었다.

워싱턴군축회의는 런던에서 한 번 더 연장되어 1936년까지 이어졌다. 그래서 대한제국은 1936년 여름, 군축 기간이 끝나자마자 항공모함과 신형 함정 다수를 건조했다.

그렇게 건조된 항모와 신형 함정으로 제7기동전단을 새롭게 편성했다. 편성된 제7기동전단은 태평양과 인도양 그리고 중동도의 주요 항로를 책임지고 방어하는 임무를 맡게 되었다.

제7기동전단의 모든 함정은 이번에 첫 출항을 할 예정이었다. 대진은 제7기동전단과 함께 중동으로의 항해를 떠날 계획이었다.

대진이 바람을 밝혔다.

“제7기동전단의 첫 번째 항해입니다. 제7기동전단은 이곳 영구를 출발해 대만과 유구를 거쳐 인도양을 가로지르고 중동에 도착하게 됩니다. 그 첫 여정을 나는 꼭 함께하고 싶습니다.”

이 말에 서영식도 만류하지 못했다.

“위대한 항해를 함께하고 싶으신 거로군요.”

“그래요. 이전 시대에는 감히 상상도 할 수 없는 위대한 항해이지요.”

서영식이 한숨을 내쉬었다.

“후! 어쩔 수 없네요. 그런 여정을 함께하시겠다니 어떻게 더 만류를 하겠습니까. 그러나 여정 도중 몸이 불편하시면 언제라도 비행선으로 옮겨 타셔야 합니다.”

“그럴 일이 없겠지만 만일 그런 일이 생긴다면 내 꼭 총리의 말씀을 따르리다.”

두 사람이 굳게 악수를 나누었다.

대진은 천천히 걸어 항모에 탑승했다. 그런 대진이 갑판에 모습을 보이고 얼마 지나지 않아 항모가 기동했다.

항모는 천천히 이동했다.

항모가 유유히 기동하니 서영식이 갑판에 서 있는 대진에게 거수경례를 했다. 그것을 본 대진은 환하게 웃으며 답례를 해 주었다.

《위대한 항해》 마칩니다